Kaiserfront Extra

Band 1
Die Schlacht um Paris

military fiction Roman
von

Armin von Hohenstein

UNITALL

1. Auflage
Februar 2015

HJB Verlag & Shop KG
Im Kai 1 / 78259 Mühlhausen-Ehingen / Deutschland
Tel.: 0 77 33 – 9 77 34 30 / Fax: 0 77 33 – 9 77 34 39
www.unitall.de
hjb@bernt.de

Umschlagkonzept und Redaktion: Lanz Martell
Titelillustration: Christoph Ott
Korrekturen: Meyer & Tyra
Printed in EU

ISBN 978-3-95634-052-9

Kapitel 1: Die Ruhe vor dem Sturm

Kiel, 1.11.1918

»Das ist die Ruhe vor dem Sturm ...«, hatte der liebenswerte Mensch, mit dem er die Notunterkunft teilte, noch gebrummelt, bevor er selig, tief und fest eingeschlafen war. Seitdem sägte der bärtige bayrische Unteroffizier vor sich hin, als ginge er in den heimischen Wäldern mit großangelegten Holzfällerarbeiten zu Werke; der Zufall wollte es, dass Feldwebel Sepp Edmayr im Zivilberuf tatsächlich Forstarbeiter war.

Ruhe vor dem Sturm? Von wegen!, seufzte der Fähnrich in Gedanken. Dennoch ging das königlich-bayrische Schnarchen fast vollständig in dem Sturm unter, der draußen tobte: Unablässig peitschte und prasselte der Regen gegen die Fenster, die zum Glück klein genug waren, um nicht von den Windböen, die mit enormer Wucht von der Ostsee auf die Küste zurasten, eingedrückt zu werden. Nein – das war alles andere als die Ruhe vor dem Sturm! Das war ein Sturm, der dem blutjungen Fähnrich vom Gott Donar persönlich geschickt wurde, so dachte er bei sich, als Vorbote dessen, was da auf ihn, seine Truppe und das ganze Deutsche Reich in den nächsten Tagen und Stunden zukommen sollte …

Fähnrich Hans von Dankenfels konnte vor lauter Anspannung kein Auge zutun, zu groß war seine innere Unruhe, die durch das Toben der entfesselten Naturgewalten draußen eine unwirkliche Begleitmusik bekam. Der morgige Tag würde wohl der Tag der Wahrheit für ihn sein, denn er würde vielleicht seine Feuertaufe, vielleicht seine soldatische Bewährung, vielleicht aber auch … seinen Tod bringen? Vor dem Tod fürchtete er sich nicht – zu natürlich und notwendig schien ihm dieser als Ordner allen Lebens auf der Erde zu sein. Wenn es an der Zeit wäre, würde ihn Freund Hein schon holen, da war er unbesorgt. Auch vor seiner soldatischen Bewährungsprobe fürchtete er sich nicht, auch wenn er Respekt vor seiner Aufgabe als Kommandant eines Zuges hatte. Mulmig wurde ihm und wohl allen seiner Kameraden bei dem Gedanken, morgen vielleicht auf Matrosen schießen zu müssen. Vielleicht gar noch auf Zivilisten? So wie bei der Niederschlagung der Unruhen in Folge des Januarstreiks. Oder auf Kameraden in Feldgrau? Der Gedanke an einen blutigen Bürgerkrieg belastete ihn wie jeden anderen Angehörigen der neuaufgestellten »Kaiserlichen Schutztruppe« (KASTRUP) auf das Äußerste. War das nicht ein Widerspruch in sich? War die Truppe nicht mit dem erklärten Ziel ins Leben gerufen worden, jeglichen Versuch einer Revolution schon im Keim zu ersticken? Ja – aber das war nun einmal leichter gesagt als getan; auch wenn die junge Garde des Kaisers neben der militärischen Ausbildung auch Wert auf intensive ideologische Schulung legte. Sie sollten geistig und eben nicht nur militärisch auf ein mögliches Eingreifen im Inneren des Reiches vorbereitet werden. Der Gründer und Kommandeur der KASTRUP, General von Lindenheim, hatte einmal von »Weltanschauungskriegern« gesprochen, die in der Lage sein müssten, nicht nur alle äußeren, sondern auch alle inneren Feinde abzuwehren. Dementsprechend waren sie nicht nur auf die militärischen Erfordernisse des Häuserkampfes vorbereitet worden, sondern man hatte ihnen eingeschärft, dass bei möglichen militärisch geführten Auseinandersetzungen im Inneren nur eines zählte: der Befehl! Von bedingungsloser Pflichterfüllung und Gehorsam würde in dieser Lage der Fortbestand von allem abhängen, was ihnen heilig war. Dennoch … dennoch war es nicht so einfach auf andere Deutsche – auf Landsleute, auf die eigenen Brüder zu schießen. Der blutjunge Fähnrich wusste aber, dass er es tun müsste, wenn der Befehl käme – so wie seine Kastrup-Kameraden im Januar, als sie das erste Mal eingesetzt wurden, um die Ordnung im Inneren des Reiches wieder herzustellen. Die Niederschlagung der Unruhen kostete Tausende das Leben – und brachte der neuaufgestellten Kastrup im Volke den wenig schmeichelnden Beinamen »Bluthunde des Kaisers« ein.

Von Dankenfels hatte schwer mit sich zu ringen, obwohl er äußerlich völlig ruhig und mit offenen Augen dalag. Letztendlich kam er immer wieder zu dem Schluss, dass dieser Schierlingsbecher geleert werden musste; und wenn es denn nötig sei, dann bis zum letzten Tropfen und ohne dabei eine Miene zu verziehen. Er versuchte sich für das, was da kommen mochte, Mut zu machen und rezitierte immer wieder Sätze des Philosophen Friedrich Nietzsche. Schon als Primaner begeisterte er sich für Nietzsches »Zarathustra«; wie elektrisiert war er, als er damals das erste Mal den Begriff »amor fati« hörte und in einem Sekundenbruchteil begriff, dass diese Liebe zum Schicksal nur eine totale sein konnte und keinerlei Kompromisse zuließ. So war es für ihn – wie auch für seine Familie – selbstverständlich, sich freiwillig zu den Waffen zu melden, praktisch von der Schulbank weg. »Dein Abitur kannst Du problemlos später nachholen, jetzt sieh erst mal zu, dass wir den Krieg nicht verlieren«, hatte sein Vater ihm gesagt, nachdem Hans' Entschluss, einzurücken, bei seiner Mutter erwartungsgemäß nicht auf Gegenliebe gestoßen war. Sein alter Herr war alles andere als ein Hurra-Patriot; er war erfüllt von echter, tiefer Vaterlandsliebe, aus der auch die Sorge sprach, den Krieg zu verlieren. Denn die Lage stand nicht zum Besten im vierten Jahr des Völkerringens.

Baron Lothar von Dankenfels hatte einst noch die Uniform des Zaren getragen, jedoch seinen Abschied genommen, als sich die allgemeine Lage der Baltendeutschen in Russland im ausgehenden 19. Jahrhundert zusehends verschlechterte. Er empfand die Russifizierungspolitik ebenso ungerecht wie undankbar, angesichts dessen, was die Deutschen für das Zarenreich geleistet hatten. Er sah daher für die Deutschen im Baltikum, das sie seit rund 700 Jahren besiedelt und geprägt hatten, keine Zukunft mehr. Der Baron nutzte eine für ihn günstige Gelegenheit, als es galt, das Erbe eines kinderlosen Onkels im Erzgebirge anzutreten, um mit seiner Familie den Weg ins Reich anzutreten. Zugleich verkaufte er schweren Herzens sein Landgut auf der Insel Ösel und wagte in Sachsen einen unternehmerischen Neuanfang, als er ein Sägewerk aufbaute, um das Holz der Wälder des alten Rittergutes Eberstein direkt verarbeiten zu können. Für seinen Sohn bedeutete dies das Ende einer unbeschwerten Kindheit auf der Insel, die bei dem estnischen Gesinde Saaremaa hieß. Zwar mangelte es ihm auch auf Eberstein nicht an materiellen Dingen, dennoch war es eben nicht sein Zuhause, in dem er geboren worden war, in dem er seine Spielkameraden gehabt hatte, mit denen er sorglos zu Lande und im Wasser herumgetollt war. Die kleinen Knirpse liebten es schon mit vier oder fünf Jahren, »Ritter« zu spielen; es war eine kleine Märchenwelt, in der sie da am Ostseestrande lebten. Und die in Sichtweite befindliche Arensburg sorgte dafür, dass sie diese Märchenwelt als sehr real empfinden mussten. Waren sie denn etwa keine Ritter? Großvater erzählte ihnen doch an langen Winterabenden immer von der Geschichte des Deutschen Ordensstaates und dass auch unter ihren Vorfahren Ordensritter gewesen waren. Immer wieder las er ihnen von Hermann von Salza und den vielen anderen großen Gestalten des Deutschen Ritterordens vor. Mit sieben Jahren wurde er jäh aus dieser vertrauten, kindlichen Märchenwelt fortgerissen …

Wie sehr wünschte er sich gerade jetzt, in den quälenden Stunden der Ungewissheit vor seiner großen Bewährungsprobe, in dieses Gefühl trauter Kindheitserinnerungen zurück. Wohlig warm war in dieser Novembersturmnacht nichts und traut in dieser Notunterkunft, einem Büro eines kurz zuvor geschlossenen und requirierten roten Verlagshauses, ebenso wenig. Zwar waren die Büroräume, in denen Offiziere und Unteroffiziere Quartier bezogen, nicht ganz so unbequem wie die große Lagerhalle, in der die Mannschaften ihren Schlafraum bezogen hatten – das war aber auch schon alles. Unablässig peitschten und prasselten Sturm und Regen an die Fenster und erzeugten jene so eigenartige Atmosphäre, die dazu angetan ist, Menschen in Gedanken in andere Zeiten und Orte zu tragen. Wahrscheinlich war es die Kälte, die dem jungen Fähnrich mittlerweile in alle Glieder kroch und so die Aufmerksamkeit seines geistigen Auges mit dem real vorhandenen Bedürfnis nach Wärme verband und ihn in Gedanken an den Kamin im elterlichen Hause versetzte: Die mächtige, sich nach oben hin verjüngende Esse bildete den unbestrittenen

Mittelpunkt der Eingangshalle, die aufgrund ihrer Größe genauso gut als Kaminzimmer hätte tituliert werden können. Die mit Backsteinen ummauerte Feuerstätte war Anziehungspunkt für jegliche Art von Besuch, genauso wie für die eigene Familie. Wie alle liebte auch Hans diesen Platz am offenen Feuer, der für ihn zugleich einer der wenigen wirklich heimeligen Plätze in der neuen Heimat war und den jungen Baron in Erinnerung an glückliche Kindheitstage auf Ösel schwelgen ließ …

Vor seinem geistigen Auge entstanden das flackernde Feuer am offenen Kamin und die Teilnehmer jener Jagdgesellschaft im Herbst letzten Jahres; jener Abend, der sich ihm tief ins Gedächtnis eingebrannt hatte, und der seinen weiteren Lebensweg noch nachhaltig beeinflussen sollte … Heimelig war es an jenem Abend beileibe nicht gewesen. Es war eine eigenartige Stimmung damals – irgendwie aufgewühlt, irgendwie gespannt und unheimlich tiefgründig. Das war keine wirkliche Jagdgesellschaft, das war ein Herrenabend der besonderen Art, denn trotz mehrerer geschossener Rehböcke befand man sich in keiner ausgelassenen Stimmung. Das Kriegsgeschehen an allen Fronten wurde diskutiert, der geheimnisvolle Thronwechsel und die vielen anderen schwer verständlichen Ereignisse dieses Jahres bis hin zu den jüngsten Nachrichten von einer »roten Revolution« in Russland – oder waren das doch nur Gerüchte?

Wie immer war es sein Vater gewesen, der als Hausherr ganz gerne derartige Kamingespräche mit einigen einleitenden Worten eröffnete: »Meine Herren, wenn mir einer von Ihnen letztes Jahr all das, was wir in diesem Jahr erlebt haben, detailliert vorhergesagt hätte, wäre er von mir wohl zum Arzt geschickt worden.« In der Zuhörerschaft machte sich ein allgemeines Schmunzeln und Kopfnicken breit. Der baltische Baron räusperte sich unmerklich, um dann länger und umfassender auszuholen: »Das Kriegsjahr 1917 hat militärisch wiederum völlig neue Lagen mit sich gebracht. Der Kriegseintritt der Amerikaner auf der einen, der Sturz des Zaren auf der anderen Seite, bieten neue Risiken und Chancen. Wir müssten unsere Chancen mitten im Kriege zu einer neuen europäischen Friedensordnung wahrnehmen, die an die Hochzeit des Heiligen Römischen Reiches deutscher Nation anknüpfen könnte. Sollte Russland endgültig zusammenbrechen, müsste die Gunst der Stunde genutzt werden und den Völkern zwischen weißem und schwarzem Meer die Freiheit geschenkt werden. Auf gleicher Augenhöhe würde es diesen dann möglich sein, als Bündnispartner ihren Platz in einem Reichsverband zu finden. Freie Völker aus freien Stücken unter einem gemeinsamen Dach – und im Kern das Reich aller Deutschen. Wäre das nicht eine Botschaft an die Welt?«

»Zumindest wäre es auch der späte Sieg der Revolutionäre von 1848 – und der von ihnen geforderten großdeutschen Lösung; aber bitte ohne die Habsburger«, merkte Dr. Eckert an.

»Dieser Krieg«, fuhr Lothar von Dankenfels fort, »hat es bei aller Grausamkeit erst möglich gemacht, meine Herren. Nun liegt es an uns, ›den Mantel des Schicksals‹ zu fassen, wie Bismarck es formuliert hat.« Bei diesem letzten Satz öffnete der Baron beide Hände, während er sie zugleich auf ein imaginäres Ziel vor ihm zu bewegte, als wolle er den Mantel des Schicksals selber zu fassen kriegen; doch er schien zu zögern und wollte nicht zupacken. Stattdessen legte er eine bedeutungsschwere Pause ein, um danach fast stimmlos fortzufahren: »Mögen die Götter unserem neuen Kaiser beistehen, die richtigen Entscheidungen zu treffen. Ich möchte mir nicht ausmalen, was passiert, wenn wir diesen Krieg nicht gewinnen ...«

Am offenen Feuer des Kamins schwebte über diesem guten Dutzend deutscher Männer, Landadligen, Unternehmern und Angehörigen des Bildungsbürgertums spürbar an diesem Abend die eine Frage: »Was passiert, wenn wir diesen Krieg nicht gewinnen?« Jedem war klar, dass dieser Krieg aufgrund seines Ausmaßes mit nichts zuvor in der Geschichte vergleichbar war – aber was bedeutete das letztlich für jeden Einzelnen, wenn das Deutsche Reich unterliegen würde? War es so, wie Vater und andere Adlige fürchteten, dass eine Niederlage das Ende der Monarchie und damit auch den Verlust ihrer Stellung bedeuten würde? Wäre gar eine Revolution ähnlich der französischen 1789 in Deutschland denkbar? Das konnte doch nicht sein – das durfte einfach nicht sein. »Deshalb müssen wir diesen Krieg gewinnen – koste es, was es wolle!«, hatte der Sohn des Barons trotzig in die Runde gerufen und damit anerkennende Blicke und Kopfnicken geerntet. Dieser Krieg, das wusste er und so hatte er es jetzt auch in den letzten Monaten und Wochen gehört, würde wohl alles entscheidend sein. Aber »alles entscheidend« – hieß das nicht auch, dass alle Faktoren entscheiden würden? Würde dieser Krieg denn wirklich nur an der Front entschieden und nicht auch an der Heimatfront – im Hinterland? »Dieser Krieg wird nicht nur militärisch, sondern auch ideologisch entschieden«, hörte er noch die Stimme seines alten, scharfsinnigen Lateinlehrers Dr. Eckert, einem gern gesehenen

Gast bei den Herrenabenden auf Gut Eberstein. »Dieser Eindruck drängt sich mir jeden Tag ebenfalls immer mehr auf«, bekräftigte der Unternehmer Wilhelm Fuchs, dessen Textilbetrieb bereits bei Ausbruch des Krieges für das Heer produziert hatte und nun ganz auf Zulieferbetrieb umgestellt und mit dementsprechend großer Belegschaft aufgestockt wurde. »Die roten Agitatoren werden jeden Tag frecher. Und das sind schon längst nicht mehr nur die Sozis, sondern noch radikalere Elemente, die da dieses Jahr aufgetaucht sind: Spartakisten und ähnliches Gesindel …« Fuchs, ein energischer, wenn auch manchmal etwas ungehobelter Mann, machte eine verächtliche Handbewegung.

»Trotzdem nimmt der Einfluss dieser Leute immer mehr zu, und das wohl nicht nur in Sachsen«, sagte Peter Forstmeier, Geschäftsführer einer Zwickauer Munitionsfabrik. »Je länger der Krieg dauert, umso schwieriger wird es, die Arbeiter bei der Stange zu halten. Wir alle wissen, dass die Arbeits- und Lebensbedingungen schlecht sind, weil wir Krieg haben.« Forstmeier, der ein sehr ruhiger, jedoch immens fleißiger Mann war, starrte für einen Moment ins Kaminfeuer, schnaufte dann tief durch, und sagte: »Wir stecken in einem echten Dilemma. Ich bin überzeugt, wenn an einem Ort größere Streiks oder Unruhen ausbrechen, könnte das sehr schnell Schule machen – und dann gerät die Heimatfront ins Wanken. Wenn erst einmal die Rüstungsbetriebe lahmgelegt sind, versiegt der Nachschub für die Front binnen kürzester Zeit. Dann können unsere Feldgrauen nur noch die weiße Fahne hissen …«

Sein Blick suchte jenen von Major von Bückow, der nach seinen schweren Verwundungen bei Verdun nun primär als Verbindungsoffizier des Heeres zu kriegswichtigen

Betrieben Verwendung fand. »Ob die Brisanz dieser Problematik unserem neuen Kaiser und der OHL wohl bewusst ist?«

Der Major versuchte erst gar nicht, der Frage auszuweichen, auch wenn sie nicht explizit an ihn gerichtet war. »Natürlich ist sie das. Die Nachrichten sind ja aus allen Bereichen mehr oder weniger gleichlautend. Tagtäglich kommen massenhaft Beschwerden und regelrechte Hilferufe wegen der schlechten Versorgungslage im Großen Hauptquartier an. Nicht nur wir, die direkt und indirekt mit der Rüstungsindustrie zu tun haben, wissen, wie die Arbeiter, vor allem aber die Frauen und die Kinder in der Heimat, zu leiden haben. Auch seine Majestät ist über die Zustände genauestens informiert. Dennoch kann weder er noch die OHL zaubern.« Von Bückow machte eine wohlüberlegte Pause, in der die Spannung unter seinen Zuhörern spürbar war, was noch durch das leise Knistern des Feuers im Hintergrund verstärkt wurde. »Dennoch wird es praktisch unmöglich sein, die Versorgungslage im Kriege zu bessern – am ehesten noch durch großflächige Raumgewinne in Russland. Dann wäre auch die Verfügungsgewalt über landwirtschaftlich intensiv genutzte Gebiete gegeben. Doch selbst wenn wir Russland völlig niederringen und Kontrolle über seine Kornkammer, die Ukraine, erlangen, wird auch dort erst im nächsten Sommer wieder geerntet. So sehr dieser Krieg auch mit der Heimatfront steht und fällt, im Moment kann unsere vorrangigste Aufgabe – neben dem Aufbau eines wirkungsvollen Propagandaapparates, der der Zersetzungsarbeit im Reiche endlich entgegenwirkt – nur sein, die innere Ordnung mit eiserner Hand aufrechtzuerhalten und jegliche Form von Unruhen schon im Keim zu ersticken! Genau deshalb wurde auch von seiner Majestät im September die Aufstellung der KASTRUP befohlen, um jeglicher Form der Wühlarbeit der Roten und anderer Reichsfeinde wirkungsvoll und mit allen Mitteln begegnen zu können. Die unter dem Kommando von General von Lindenheim stehende Truppe soll bereits zum Jahreswechsel einsatzbereit sein und annähernd über Divisionsstärke verfügen. Wir müssen uns darüber im Klaren sein, dass dieser ganze Defätismus nicht nur mit der schlechten Versorgungslage, sondern auch mit dem Zusammenspiel der inneren und äußeren Feinde des Reiches zu tun hat.«

Fuchs sah im Feuerschein des Kamins schon ein Menetekel und schluckte, als er die Frage stellte: »Würde diese neue Truppe denn auch fähig sein, auf meuternde Soldaten zu schießen?«

»Wenn es sein muss – «, antwortete von Bückow ernst, aber emotionslos, »ohne Rücksicht auf Verluste. Die KASTRUP, das muss jedoch gleich dazugesagt werden, ist keine bloße Prätorianergarde – sie ist eine Eliteeinheit, die auf einem neuen Ethos beruhen soll.« Von Bückows Worte hatten ihn damals am Kaminfeuer wie ein Blitz getroffen: Wie die Elementarkraft des die Dunkelheit ausleuchtenden Blitzes wusste Hans von Dankenfels in diesem Moment: *Das ist meine Truppe!* Wenige Tage danach, an seinem 17. Geburtstag, meldete er sich freiwillig.

Berlin, 2.11.1918

Die Kaschemme in einer kleinen Seitengasse eines übelbeleumundeten Kiezes im Wedding war an diesem trüben

Novembertag nicht einladender als an jedem anderen Tag des Jahres. Für die wenigsten Berliner wäre sie wohl an irgendeinem Tag einladend gewesen; dennoch war sie an jenem Abend proppenvoll. Die Spartakisten hatten sich eingefunden, und es lag eine sonderbare Spannung in der Luft: Es sollte wohl wieder einer dieser Werbeabende für den Spartakusbund abgehalten werden, mit viel Schnaps, roten Agitatoren, die sich in Rage redeten, wenn sie ihre Revolutionsfantasien ausbreiteten und inbrünstig von der Diktatur des Proletariats schwärmten. Seit einem Jahr schon lief das nach immer dem gleichen Schema ab – seit einem Jahr, als für die Kommunisten eine neue Zeitrechnung begonnen hatte, als die bolschewistische Oktoberrevolution in Russland die Erde erzittern ließ. Seitdem hielten die marxistischen Menschheitsbeglücker ihre Stunde für gekommen, musste doch jetzt nur noch das russische Modell nachgeahmt und Sowjetdeutschland verwirklicht werden. Doch so einfach schien die Sache im Deutschen Reich nicht: Der neue Kaiser schien geschickter zu sein als sein Vorgänger und wild entschlossen, die Monarchie zu verteidigen. Gerade der Schock vom Januar, als das Militär rigoros gegen Streikende in der Rüstungsindustrie vorgegangen war, brannte sich tief in das Bewusstsein der Arbeiterschaft ein. Dennoch war man an diesem Abend wieder einmal zusammengekommen, um zu hören, wie es weitergehen sollte und wann sich endlich etwas änderte, in ihrem erbärmlichen Leben.

»Genossinnen und Genossen«, versuchte sich plötzlich jemand in der amorphen Geräuschkulisse Gehör zu verschaffen. An der Rückwand des Nebenraums der Destille, der nicht sonderlich groß war, stand der Redner des heutigen Abends: Es handelte sich um Peter Swoboda, zumindest war dies der Name, unter dem er auftrat. Der Mann mittleren Alters galt als Verbindungsmann nach Russland, und zumindest sein Auftreten ließ ihn glaubhaft als Kader der Bolschewiki erscheinen. Von seiner Aussprache her schien er aus Böhmen zu stammen. Naheliegend, dass es sich bei der schmierigen Gestalt um einen Deserteur handelte – vielleicht auch um einen Angehörigen der Tschechischen Legion; wer fragte in diesem Milieu schon danach? »An den Händen dieses Hohenzollern-Hurensohns klebt das Blut deutscher Arbeiter«, geiferte Swoboda in einem krächzenden Tonfall. Seine Majestätsbeleidigungen waren ebenso wenig neu, wie der für die vorderen Reihen unangenehme Umstand seiner extrem feuchten Aussprache. Im Normalfall wäre sein übliches Gezeter von den Anwesenden – die meisten von ihnen schon unter merklichem Alkoholeinfluss stehend – wohl eher als Hintergrundberieselung wahrgenommen worden. Nicht so heute! Man wartete mit Spannung auf »Etwas« … Man wartete auf das Signal zum Losschlagen – zum Aufstand: Auf Worte sollten endlich Taten folgen – egal welche! Für alle hier waren die Zustände seit Monaten, seit zumindest einem Jahr oder anderthalb, unerträglich geworden. Es musste endlich »Etwas« geschehen, darin waren sich alle einig; bei der Frage nach dem »Was« bröckelte die Einigkeit bereits, und beim »Wie« herrschte größtenteils Uneinigkeit. Mit sich selbst uneins war auch Heinrich Langenmüller. Einer, der aus einem typisch sozialdemokratischen Milieu kam, wenn man das wertfrei so sagen konnte: Fabrikarbeiter, 1914 Kriegsfreiwilliger, bei Arras schwer verwundet, stand er nun als Kriegsversehrter wieder in der Fabrik. Nicht unbedingt ein bedingungsloser Parteigänger der Sozialdemokraten, aber einer, der den gerechten Kampf der Gewerkschaften um bessere Arbeitsbedingungen als notwendig und sinnvoll ansah. Langenmüller saß bei seinem Bier am Tresen und grübelte über die Widersprüchlichkeiten des Lebens und des Krieges, während der Redner auf den eigentlichen Kern seiner Ausführungen zusteuerte, mit sich unüberhörbar überschlagender Stimme: »Und deshalb, Genossen, ist es nun endlich soweit: Schon morgen rufen wir die Revolution aus und jagen übermorgen die Ausbeuter zum Teufel!« Kurz meldeten sich vereinzelte Rufe der Zustimmung, während das Gros der fast hundert Anwesenden mit offenen Augen weiterhin gebannt auf den kommunistischen Demagogen starrte. Dieser nutzte den Moment der erhöhten Aufmerksamkeit, um in beschwörendem Tonfall fortzusetzen. »Schon morgen werden die Führer der Arbeiterschaft zum reichsweiten Generalstreik und zur Bildung von Arbeiter- und Soldatenräten aufrufen, mit dem Ziel, den Kaiser zu stürzen und den Krieg zu beenden. Deshalb heißt es ab morgen für alle: Hinaus auf die Straße und Sturm auf das Stadtschloss!« Jetzt brach Jubel und Gejohle aus – das war das Signal, auf das alle warteten. »Ab morgen beginnt für uns eine neue Zeit: Die klassenlose Gesellschaft ist zum Greifen nahe – Hoch die internationale Solidarität!« Schwitzend und mit hochrotem Kopf stimmte der Redner zum Abschluss die Internationale an, die von den meisten Anwesenden mehr gegrölt als gesungen wurde. Anders als sonst, endete der Abend allerdings nicht mit diesem Akt proletarischer Gesinnungsmanifestation, sondern es prasselten sogleich Fragen über Fragen auf den schweißtriefenden Spartakisten herein.

»Wann genau geht es los?«, kam es von links, »Muss nur der Kaiser weg, oder der ganze Adel? Ich will die Junker weghaben!«, von rechts, und »Wer wird Reichskanzler – oder gibt's den nich mehr?« aus der Mitte des überfüllten Raumes.

»Wir wollen plündern! Wir wollen plündern!«, skandierten wiederum einige versoffene, versiffte Gestalten aus dem Tresenbereich.

»Ruhe«, brüllte Swoboda heiser und versuchte, sich wieder Gehör zu verschaffen. Als sich die Menge beruhigt hatte, setzte er bedächtig und bestimmt fort: »Ich bin aus Gründen der Geheimhaltung nicht befugt, über organisatorische Details der kommenden Tage zu sprechen. Das ist auch nicht notwendig: Notwendig ist, dass ab morgen in dieser Stadt allgemeine Meuterei und Ungehorsam herrscht. Ihr sollt und müsst unbedingt auf die Straßen und nicht zur Arbeit gehen! Auf der Straße werdet ihr – so oder so – die Verlautbarungen der Arbeiter- und Soldatenräte mitkriegen. Wichtig ist nur, dass ihr auf den Straßen seid und euch nach Möglichkeit in und um das Regierungsviertel bewegt. Nur als Masse können wir die Militärs und Monarchisten bezwingen!«

»Und wenn sie auf uns schießen?«, fragte ein Junge schüchtern.

»Deshalb müssen ja absolut ALLE auf die Straße«, erwiderte Swoboda. »Auf Frauen und Kinder werden sie nicht schießen, die sind der beste Schutzschild.«

»Und … und, wenn doch?«, stammelte der Junge ängstlich. Swoboda sah ihn mit einem eisigen und durchdringenden Blick an, dann antwortete er langsam, aber fast fauchend: »Für den Frieden und für Sowjetdeutschland muss jedes – hörst du, Bürschchen – JEDES Opfer gebracht werden!« Der eiskalte Zyniker, der ihm ohnehin schon von vornherein unsympathisch war, forderte Langenmüller heraus, während nicht nur der bleich gewordene Junge, sondern wohl auch die meisten Anwesenden von ihm eingeschüchtert wurden.

»Wer sagt denn überhaupt, dass wir Frieden haben werden, selbst wenn der Kaiser gestürzt wird?«, erklang Langenmüllers sonore Stimme aus dem Tresenbereich in das Nebenzimmer, das durch keinerlei Abtrennung vom Schankraum separiert war.

Swoboda lächelte milde, wie ein nachsichtiger Lehrer einem hilfsbedürftigen Schüler gegenüber: »Die ganze Welt will Frieden, Genosse. Nur die deutschen Militärs und Monarchisten nicht, sie haben diesen Krieg doch angefangen.«

Langenmüller, der mittlerweile vom Tresen aufgestanden war und sich einen Schritt in Richtung Nebenraum bewegt hatte, erwiderte süffisant: »Ach so – dann waren die es wohl, die den Erzherzog Franz Ferdinand erschossen haben, oder?« Das saß!

Swobodas Augen blitzten dunkel auf, und er zischte in scharfem Ton zurück: »Wir brauchen hier am Vorabend der Revolution keine Kriegsursachendebatte zu führen. Der preußische Militarismus hat uns in die Katastrophe des Krieges geführt, unabhängig davon, wer den ersten Schuss abgegeben oder die erste Mobilmachung zu verantworten hat. Und deshalb müssen die herrschenden Klassen gestürzt werden.«

Langenmüller ließ sich damit nicht abspeisen: »Auch eine Arbeiter- und Soldatenregierung wäre gezwungen, den

Krieg fortzusetzen oder aber die Friedensbedingungen der Alliierten zu akzeptieren, die vielleicht noch schlimmer als der Krieg sind.«

»Damit haste nich janz unrecht, Heini«, bemerkte der Tresennachbar Langenmüllers, der zugleich auch ein Arbeitskollege war.

»Vom Franzmann brauchen wir uns keine fairen Friedensbedingungen erhoffen – die wollen sicher das ganze Rheinland von uns«, warf ein anderer ein.

»Und … und vom Tommy ooch nich: Die neiden uns doch alles und wollen uns als Wirtschaftskonkurrenten ausschalten!«, stammelte einer ganz vorne.

Swoboda merkte, dass er Langenmüller zum Schweigen bringen musste, um bei den Anwesenden keinen Zweifel an der Sinnhaftigkeit der in Wahrheit höchst kühnen Aufstandspläne aufkommen zu lassen. »Die Völker sind kriegsmüde und die Arbeiter wollen nicht aufeinander schießen, willst du das etwa bestreiten?«, brüllte Swoboda.

»Ich weiß nicht, ob mich die Kugel eines Arbeiters oder die eines Angehörigen eines anderen Standes getroffen hat, das ist mir auch egal«, erwiderte Langenmüller postwendend und nun auch lauter, um von allen verstanden zu werden. »Ich weiß, dass es eine englische Kugel war und sie hat mich getroffen, weil ich als Deutscher an der Front gegen England stand. Auch die Arbeiter auf den britischen Inseln werden kriegsmüde sein und nicht auf uns schießen wollen. Aber sie werden es tun, weil sie es tun müssen. Das ist ein Krieg auf Sein oder Nichtsein und wenn wir ihn verlieren, dann Gnade uns Gott. Egal, wer dann in Deutschland regiert, der Kaiser oder der Sowjet, dann geht es um den Bestand unseres Vaterlandes!«

»Der Arbeiter hat kein Vaterland!«, brüllte nun jemand aus einer anderen Ecke heraus und die Gemüter erhitzten sich merklich. Der Geräuschpegel stieg im gleichen Maße und schon längst hatte sich der Disput zwischen Langenmüller und Swoboda in Dutzende kleinerer Streitgespräche zersplittert und mündete nun in ein chaotisches Stimmengewirr ein.

»Wenn die Armeen des Kaisers siegreich durch das Brandenburger Tor ziehen, dann hat die Geschichte ihren Sinn verloren!«, brüllte Swoboda schon fast verzweifelt und mit brechender Stimme mehr in die Menge als in Richtung Langemüllers. Aber es war zu spät, die Situation war ihm entglitten. Das atomisierte Gewirr von Stimmen und Stimmungen war nicht auf Linie zu bringen. *Soll das etwa der Auftakt zu einer Revolution sein?,* fragte sich Swoboda in ohnmächtiger Wut, als die Versammlung sich auflöste und die Teilnehmer sich tröpfchenweise auf den Heimweg begaben.

Kapitel 2: Des Fähnrichs Feuerprobe

2.11.1918 Kiel

»Achtung!«, brüllte Feldwebel Edmayr, dem die Überraschung ins Gesicht geschrieben war, mit hochrotem Kopf: Niemand geringerer als der Bataillonskommandeur stand da plötzlich im Türrahmen des Büros, das als provisorische Offiziersmesse diente.

»Rührt Euch«, gab dieser kurz, knapp und hektisch zurück, die militärische Grußbezeugung mehr angedeutet als ausgeführt. Der baumlange Offizier knallte förmlich seine Aktentasche auf den Kartentisch und presste ein »nehme an, dass ohnehin alle Offiziere und Unteroffiziere anwesend sind« hervor, noch ehe er überhaupt aus dem Mantel heraus war.

»Jawohl, Herr Major!«, antwortete der Kompaniechef, Leutnant Henschel, nicht weniger verdattert, als zuvor Feldwebel Edmayr. Allen war klar, dass der unangekündigte persönliche Besuch des Bataillonskommandeurs eine besondere Bedeutung haben musste.

Dieser mochte die Kader der 1. Kompanie auch nicht lange auf die Folter spannen: »Meine Herren, Sie werden über mein unerwartetes Erscheinen erstaunt sein, aber die jüngsten Ereignisse haben eine Lagebesprechung dringend erforderlich gemacht.«

Offiziere und Unteroffiziere der 1. Kompanie des 2. Kastrup-Bataillons formierten sich lautlos um den Kartentisch; die Spannung unter ihnen schien so groß zu sein, dass sie beinahe das Atmen vergaßen.

»Endlich«, presste Major Hartmann hervor und ballte seine Faust: »Endlich wissen wir, was Sache ist!« Seine Faust hämmerte bei jedem Wort zur Illustration des Gesagten donnernd auf den Tisch. »Vor zwei Stunden erreichte ein Kurier der OHL die Garnison mit Nachrichten und Befehlen von höchster Bedeutung!« Atemlose Stille beherrschte die Atmosphäre im Raum. »Der Kaiserliche Abschirmdienst ist in den innersten Kreis der Verschwörer vorgedrungen und hat es geschafft aufzuklären, wann die Revolte stattfinden soll. Wir wissen aus absolut zuverlässiger Quelle, dass es morgen um 6:00 Uhr hier in Kiel losgehen soll …«

Die äußerliche, von ihrer eisernen Disziplin herrührende Gelassenheit konnte das Brodeln im Inneren der Soldaten kaum verbergen, als der Major den Satz nicht beendete und stattdessen in seiner Aktentasche zu wühlen begann. Nach kurzem Geraschel hielt er ein Blatt in den Händen, das über dem Kartentisch wie ein normaler Brief aussah. »Dies ist die Geheimdepesche, die wahrscheinlich, so die OHL, wohl schon vor drei, vier Tagen bei den Verschwörern in Kiel gelandet sein dürfte.« Die Augen Hartmanns blitzten auf, als ob sie einen Orkan entfachen wollten. Ohne Henschel anzusehen, reichte er das Papier an diesen weiter: »Bitte, Herr Leutnant, lesen Sie die Mitteilung vor.«

Genossinnen und Genossen!
Der Tag der Befreiung der Arbeiterklasse naht! Am 3. November können wir alle Geschichte schreiben – und von Euch Kieler Arbeitern und Soldaten hängt am meisten ab! Es muss Euch gelingen, bis Mittag Kontrolle über die Stadt, die Garnison und den Reichskriegshafen zu erlangen, einen Arbeiter- und Soldatenrat zu bilden und vor einer Massenversammlung umgehend die Republik auszurufen. Das Gelingen der Revolution im ganzen Reiche steht und fällt mit der schnellen und handstreichartigen Meuterei in Kiel. Es muss bis Mittag gelingen, denn nur dann können wir glaubhaft noch am selben Tage den Generalstreik ausrufen, den Kaiser für abgesetzt erklären und eine neue Regierung bilden, die als erste Amtshandlung bei den Alliierten um Waffenstillstandsverhandlungen ersuchen wird. Die Welt, die sich nach Frieden sehnt, schaut übermorgen, am 3.11., genauso auf Euch, wie die unterdrückte und ausgebeutete deutsche Arbeiterklasse. Gebt der Welt

Frieden und dem Arbeiter Freiheit und Brot: Krieg dem Militarismus, Tod dem Kaiser – es lebe die internationale Solidarität!
Für das Revolutionskomitee: Liebknecht, Luxemburg, Zetkin.

Leutnant Henschel stammelte in bebendem Zorn, die Depesche mit zittrigen Händen verkrampft festhaltend, die für ihn ein unvorstellbares Zeugnis von nicht zu überbietender Niedertracht darstellte, mit brüchiger Stimme nur: »Wie können wir diese Verbrecher aufhalten?«

Der Major, der jedes einzelne Gesicht der Soldaten genau gemustert hatte, während Henschel vorlas, begann kühl und ruhig, aber nie ohne den notwendigen Ernst und Nachdruck, die Hauptfrage und alle daraus folgenden Fragen zu beantworten: »Fassen wir zunächst noch einmal die entscheidenden Fakten der Verschwörung zusammen: Nachdem die Matrosen, statt ihren Dienst zu tun, meutern wollen, sollen sie auf einer Massenkundgebung in der Stadt einen gemeinsamen Arbeiter- und Soldatenrat bilden, der sogleich versuchen wird, die zivile und militärische Gewalt in der Stadt an sich zu reißen. Bereits um die Mittagszeit soll in Kiel die Republik proklamiert werden. Dieser Zeitplan muss – so die Zentrale der Verschwörer – unter allen Umständen eingehalten werden, damit die Revolution gelingen kann. Was schließen wir daraus, meine Herren?« Der Major blickte in die Runde wie ein Lehrer, der sich von der Aufmerksamkeit seiner Schüler ein Bild machen wollte. »Die Verschwörer wissen, dass ihr Plan vom Gelingen eines handstreichartigen Umsturzes in Kiel abhängt«, sprach eine Stimme vom anderen Ende des Tisches.

»Sehr gut erkannt – Fähnrich ...« Major Hartmann konnte dem Gesicht keinen Namen zuordnen. »Von Dankenfels, Herr Major«, meldete sich der Fähnrich nochmals.

»Ja, von Dankenfels, das Gelingen dieses aberwitzigen, kriminellen Planes hängt an einem seidenen Faden. Und dank dieser Informationen unseres Nachrichtendienstes haben wir es in der Hand, diesen Faden in Kiel zu kappen.«

Eine aus dem Gelenk ausgeführte Handbewegung, die unmissverständlich den Einsatz einer Hiebwaffe andeuten sollte, verriet den Major als erfahrenen Fechter. »Das ist aber bei Weitem noch nicht alles«, fuhr er ebenso ansatzlos fort, um dem ersten symbolhaften Streich gleich den nächsten folgen zu lassen. »In Anbetracht der durch diese Informationen sichtbar gewordenen Bedrohungen wurde im Wehrbereichskommando ein Stab für diese besondere Lage gebildet, um effektive Gefahrenabwehr durch eine Koordination aller Kräfte zu gewährleisten. Da das 2. Kastrup-Bataillon bereits im Oktober in Erwartung derartiger Unruhen nach Kiel verlegt wurde und wir am besten auf ein derartiges Szenario vorbereitet sind, wurde ich von der OHL mit dem Gesamtkommando aller Operationen bis zur völligen Unschädlichmachung sämtlicher Aufrührer in Kiel betraut.«

»Das heißt, Sie verfügen im Augenblick auch über alle zivilen Vollmachten?«, hakte Leutnant Henschel nach.

»Notwendigerweise«, erwiderte der Major, »damit es kein unnötiges Kompetenzwirrwarr gibt – und keinen Schutzmann, der uns irrtümlich am Eintreten einer Haustüre hindert.« Gelegentlich hielt es auch der Major für angebracht, allzu ernste Situationen mit etwas Humoristischem aufzulockern. »Ausgehend von der Beurteilung der Feind-

wie auch der eigenen Lage, haben wir für morgen folgenden Plan entworfen: Die 1. Kompanie wird die strategische Eingreifreserve bilden. Die 2. Kompanie wird zusammen mit der S-Kompanie die erste Linie am Hafen bilden. Wir wissen zwar nicht, wo die Schiffsbesatzungen anlanden werden, es ist jedoch aufgrund der Nähe zum Stadtzentrum vom vorderen Ende des Hafenbeckens auszugehen. Nach dem Anlandemanöver werden die Matrosen mit Warnschüssen aufgefordert, die Waffen niederzulegen. Da dieser Aufforderung wohl kaum Folge geleistet werden wird, wird sofort das Feuer eröffnet. Die S-Kompanie sollte in der Lage sein, die zahlenmäßige Überlegenheit der Matrosen durch ihre Granatwerfer auszugleichen. Wenn wir im Moment des Anlandens richtig positioniert sind, wird das Ganze ein Übungsschießen mit beweglichen Zielen. Wichtig werden auch die schweren Maschinengewehre sein, um die Landungsboote effektiv beschießen zu können, denn hier richtet ein Karabiner nichts aus.« – »Jo und wos is, waun die Schiffsartillerie z'ruckschiaßt?«, brach es nicht ganz so formvollendet aus Feldwebel Edmayr heraus.

»Das zu verhindern, ist Aufgabe des Pionierzuges, der in den letzten Wochen ausschließlich eine besondere Art von Stoßtruppunternehmen geübt hat, nämlich das Entern und Sichern von Schiffen. Natürlich gilt es zu verhindern, dass die Matrosen in einer Verzweiflungstat die Schiffe versenken, die Stadt beschießen oder wer weiß was anstellen. Nach dem Verlust eines Großteils der Hochseeflotte muss wenigstens das letzte einsatzfähige Geschwader gerettet werden. Schon aus rein psychologischen Gründen ... Das Heeresersatzbataillon, das im Wesentlichen Sicherungsaufgaben übernehmen wird, hat dafür zu sorgen, dass das zu erwartende Kampfgebiet abgeriegelt wird, keine Zivilisten ins Kampfgebiet kommen und zivile Verluste möglichst gering gehalten werden. Bedauerlicherweise ist es aus Gründen der Geheimhaltung nicht möglich – bedenken Sie, unser Plan baut hauptsächlich auf dem Überraschungsmoment auf –, jetzt schon Evakuierungen im Hafengebiet vorzunehmen. Die zweite Linie wird von der 3. Kompanie unmittelbar vor der zu erwartenden Marschroute der Matrosen aus der Wiker Kaserne an einer leicht zu verteidigenden Stelle gebildet. Auch dieser Stellungsvorteil sollte ausreichen, um die Meuterer, die aus den Waffenkammern nur K98 erbeuten können, schnell auseinanderzutreiben und ihre zahlenmäßige Übermacht auszugleichen. Überflüssig zu erwähnen, dass der Kampfwert und die Kampfkraft der Matrosen nicht mit der ihren vergleichbar ist.« Major Hartmann holte kaum hörbar tief Luft, um zum nächsten längeren, stakkatoartigen Monolog anzusetzen: »Die besondere Bedeutung der 1. Kompanie ist die, dass sie morgen die strategische Reserve des Bataillons darstellt. Wir haben dies aufgrund der letzten Lagebeurteilung festgelegt, da dem Kaiserlichen Abschirmdienst keine anderslautenden Informationen vorliegen, als dass der Standort ihrer Kompanie, der mit großer Umsicht bezogen wurde, bislang von den Verschwörern nicht entdeckt werden konnte. D.h., ihr werdet den großen Vorteil haben, mit dem Überraschungsmoment im Rücken operieren zu können. Wie unser Bataillon insgesamt auch noch nicht als Kastrup-Einheit, sondern wohl als normales Heeresbataillon wahrgenommen wird. Die Matrosen werden also eher Fraternisierungen denn Gefechte erwarten … Eure Aufgabe wird also die der Feuerwehr an den Brennpunkten des morgigen

Tages sein. So sicher wir morgen mit Kampfhandlungen zu rechnen haben, so sicher werden diese Kämpfe von unserem Bataillon entschieden werden.

Zum Plan im Detail: Wir können aufgrund der Informationen der Geheimdepesche davon ausgehen, dass nach der geplanten Meuterei beim Morgenappell in den Kasernen und auf den Schiffen relativ schnell von dem neugebildeten Soldatenrat der Marsch auf die Stadt befohlen werden wird. Es ist also zwischen sieben und acht Uhr mit der Anlandung der Schiffsbesatzungen im Hafenbecken zu rechnen.

Ziel der Verschwörer ist bekanntlich das Stadtzentrum. Unklar ist hingegen nicht nur der genaue Zeitpunkt – den werden sie wohl selber nicht genau wissen, noch wären genaue Zeitangaben präzise einzuhalten –, sondern auch, ob sich die Schiffsbesatzungen mit den kasernierten Matrosen bereits am Hafenbecken oder erst am Rathaus/Großer Exerzierplatz vereinigen wollen.

Das 2. Bataillon der Kastrup ist mit der Aufgabe der Niederschlagung der Revolte im Wesentlichen auf sich alleine gestellt. Die ohnehin schwachen Ordnungskräfte sowie das 17. Holsteiner Landwehrbataillon – bei dem es sich um ein Ersatzbataillon hauptsächlich bestehend aus Rekonvaleszenten und Rekruten handelt – verfügen nur über einen äußerst geringen Kampfwert und werden nur zu Sicherungsaufgaben eingesetzt werden können. Unter den gegebenen Umständen kann es schon als Erfolg angesehen werden, dass die Heereseinheiten noch heute Abend aus der Wiker Kaserne abgezogen und somit dem Einflussbereich der Verschwörer entzogen werden konnten.

Als nettes kleines Ablenkungsmanöver haben wir – neben der Falschinformation, das 17. Landwehrbataillon würde direkt an die Westfront verlegt werden – den Matrosen einige Fässer Schnaps spendiert, was mit Sicherheit ihre Disziplin und ihre Kampfkraft morgen nicht steigern wird.«

Des Majors Lippen umspielte ein kurzes Lächeln, was auch die übrigen Kastrup-Kader schmunzeln ließ.

»Die Polizei- und Heereskräfte können bestenfalls als dritte Linie hinter uns eingesetzt werden – soweit wollen wir es aber auf gar keinen Fall kommen lassen. Aufgrund ihrer mangelnden Ausbildung, Bewaffnung und militärischen Durchschlagskraft würden sie von den Matrosen wohl einfach überrannt werden. Wichtig ist hingegen ihr Sicherungs- und Abschirmungsauftrag gegenüber dem Hafen, um zu verhindern, dass einzelne Matrosen in die Stadt durchbrechen. Bzw. natürlich auch in umgekehrter Richtung zu verhindern, dass den Matrosen am Hafen Hilfe aus der Stadt zukommt. Die militärische und die zivile Ebene der Verschwörung müssen durch die Sicherungskräfte unbedingt auseinander gehalten werden – damit nehmen wir ihnen den Grundpfeiler ihrer Strategie. Des Weiteren sollen sie strategisch wichtige Punkte und Gebäude in der Stadt sichern und Massenansammlungen zerstreuen – soweit das ohne Waffenanwendung möglich ist. Zu verhindern sind die Massenansammlungen am Vormittag ohnehin nicht; wichtig ist nur, dass die roten Agitatoren sich nicht entfalten können und sie in der Stadt nicht das Heft in die Hand bekommen. Hierzu genügt es aber, fünf Trupps von Scharfschützen abzustellen, die sich an besonders günstigen, erhöhten Punkten, am besten auf den Dächern, platzieren, um diese Möchtegern-Jakobiner zu neutralisieren oder eben zu eliminieren, was auch kein Schaden wäre. Hierzu brauche ich von Ihrer Kompanie noch einen Scharfschützen, Leutnant Henschel.«

Der Major blickte kurz in dessen Richtung, worauf Henschel nachfragte »Auch einen Beobachter?«

»Nein«, antwortete der Major. »Wir haben uns entschieden, den Scharfschützen erfahrene, örtliche Polizeioffiziere an die Seite zu stellen, die sich mit dem Identifizieren der Agitatoren leichter tun. Es ist mit polizeibekannten Gesichtern aus Kiel und Umgebung zu rechnen und eher unwahrscheinlich, dass aus dem Zentrum der Verschwörer in Berlin Leute hierher geschickt werden, die dort Verwendung finden.« Henschel nickte nur leicht, um dem Major zu verstehen zu geben, dass er dessen Argumentation nachvollziehen könne. Der Major erfreute sich neben der vor dem Feinde erwiesenen Tapferkeit vor allem auch wegen seines messerscharfen Verstandes und seiner schnellen und konsequenten Entschlusskraft allergrößten Respekts. »Sobald wir mit den Matrosen am Hafen fertig sind, kommen die Roten in der Stadt dran.«

»Ich habe Ihnen eingangs die Geheimdepesche vorgetragen, aus der klipp und klar hervorgeht, dass mit der morgigen Meuterei die Revolution im Reich entfacht werden soll. Diese Revolution, das betonen die Verschwörer selber, steht und fällt mit dem schnellen Erfolg in Kiel, der zu einem Fanal für ganz Deutschland werden soll. Es ist nun unsere unbedingte Absicht, aus diesem Fanal ein ganz anderes Signal für das ganze Reich werden zu lassen. Dass nämlich jeglicher Versuch eines militärischen Aufstandes von vornherein zum Scheitern verurteilt ist, rücksichtslos niedergeschlagen wird, und jegliche Bemühungen, das Reich politisch von innen her zu destabilisieren oder darüber hinaus gar die herrschende Ordnung zu stürzen, ebenso sinnlos wie aussichtslos sind. Wir werden derartige Versuche – unter Anwendung aller, auch der härtesten Mittel – schon im Keime ersticken. Das ist unsere vornehmste und edelste Aufgabe, für die wir uns allesamt freiwillig zur Kaiserlichen Schutztruppe gemeldet haben, um Kaiser und Reich, getreu dem Eid, den wir geschworen haben, bis zum letzten Atemzug zu schützen, Kameraden!«

Der Major kniff seine Augen zusammen und fixierte seine Armbanduhr: »Uhrenvergleich, meine Herren: Es ist exakt 22:00 Uhr. Lassen Sie morgen die Kompanie bereits um 04:00 Uhr zur Befehlsausgabe antreten. Die Zugkommandanten haben danach ausgiebig Zeit, ihren Mannschaften eine ausführliche Lageeinweisung zu erteilen. Machen Sie jedem einzelnen Soldaten klar, was morgen von ihm abhängt! Verstanden!?«

Reflexartig nahmen alle Anwesenden Haltung an und schmetterten ihrem Kommandeur ein synchrones »Jawohl, Herr Major!« zurück.

»Fragen?« – »Keine!«, kam es neuerlich aus den Kehlen der Offiziere und Unteroffiziere zurück.

Der Major, dessen verwegene Gesichtszüge doch unübersehbar angespannt waren, presste die Lippen aufeinander und deutete ein kurzes Kopfnicken an. »Der Kaiser baut auf seine Schutztruppe; dies ist die Stunde der Bewährung – und wir werden ihn nicht enttäuschen.«

*

Alle Vorgänge vom Wecken bis zum Antreten der Kompanie zu nachtschlafener Stunde verliefen nahezu geräuschlos, obwohl es in diesen ungewohnten Räumlichkeiten noch keinesfalls zur Routine geworden war. »Einer Kastrup-Einheit braucht ein Befehl nur einmal gegeben werden!«, hatte man ihnen in der Ausbildung eingeschärft, und tatsächlich war der Befehl, sich in diesem provisorischen Quartier möglichst geräuschlos zu verhalten, nur einmal, und zwar vor der Verlegung hierher, erteilt worden. Es war aber ohnehin jedem klar, dass nur durch das Unentdecktbleiben der Kompanie das Überraschungsmoment auf ihrer Seite sein konnte, ihnen vielleicht einen entscheidenden Vorteil in dem bevorstehenden Kampf bringen würde. Mit der von ihnen erwarteten Präzision eines Uhrwerks waren sie zum Appell angetreten, auch wenn diese Lagerhalle nach wie vor gewöhnungsbedürftig und aufgrund ihrer Beengtheit nicht die übliche, militärisch exakte Formierung der drei Züge zuließ. Nachdem durchgezählt und dem Kompaniekommandanten Meldung über das vollzählige Antreten der Kompanie gemacht worden war, ließ Leutnant Henschel rühren und begann mit der Befehlsausgabe: »Der Kampfauftrag der 1. Kompanie lautet, einen beweglichen Sperrriegel zwischen den Stellungen der 2. und der 3. Kompanie zu bilden. Insbesondere gilt es zu verhindern, dass sich die Meuterer von den Schiffen mit denen von der Kaserne verbinden können. Im Klartext: Wir machen die Ausputzer für die Zwote und die Dritte. Es gibt für die Meuterer kein Pardon – jeder Bewaffnete wird ohne Vorwarnung erschossen. Diejenigen, die sich ergeben, werden zunächst hierher gebracht und danach in die Arrestanstalt. Für die Überstellung sind wir dann nicht mehr zuständig. Auf Flüchtende ist sofort das Feuer zu eröffnen.«

Der Kompaniechef holte tief Luft und ließ dabei seinen Blick langsam über die vor ihm angetretene Front schweifen, so als wolle er mit diesem direkten Blickkontakt jeden Einzelnen ansprechen. »Männer, ihr alle wisst, was von jedem Einzelnen von euch abhängt: Der heutige Tag wird entscheidend für den Fortbestand unseres Reiches und all dessen sein, was wir lieben, wofür wir stehen und wofür wir kämpfen. Seit über vier Jahren trotzen wir einer Welt von Feinden, nun aber gilt es, die Bedrohung, die während dieser Zeit im Rücken der Front entstanden ist, mit der gleichen Entschlossenheit und Härte zu bekämpfen, wie vorne an der Front. Auf uns blickt die Nation und die Geschichte: Vor der Geschichte haben wir zu bestehen, und für die Nation haben wir das Reich zu wahren. Es lebe der Kaiser, es lebe unser geliebtes deutsches Vaterland!«

»Es lebe der Kaiser!«, brandete ihm ein Orkan, erzeugt aus über hundert Kehlen, entgegen. Diese Kastrup-Kompanie war spürbar zu einer lebendigen Einheit verschmolzen und brannte darauf, sich zu bewähren, wie Henschel mit Genugtuung für sich feststellte und deshalb bewusst den Moment sekundenlang durch völlige Stille nachwirken ließ. Nachdem Henschel die Aufrechterhaltung der vollen Gefechts- und Alarmbereitschaft bis zur Erteilung weiterer Befehle verkündete, folgte eine Stille: eine lange, nicht enden wollende Stille, in der die Zeit sich anschickte, nur noch endlos langsam verrinnen zu wollen. In nervenzerreißender Zeitlosigkeit schlichen Sekunden und Minuten dahin, wie ein Wanderer durch die Wüste: Eine Stunde verging – eine unvorstellbar lange Stunde; eine zweite nicht enden wollende verstrich, und noch immer saßen oder standen die Männer schweigend da, was an sich schon ein Beweis für eine besondere psychische Konstitution war. Dann endlich, als das quälende Warten den meisten schon eine Vorahnung vom Begriff »Ewigkeit« beschert hatte, klingelte es leise irgendwo im Gebäude; der Blick der Soldaten wanderte wie von selbst zu den oben gelegenen Büros. Nun ging alles ganz schnell, und die eben noch auf der Stelle tretende Zeit schien sich mit einem Mal wieder einem Geschoss gleich fortbewegen zu wollen. Der Kompanieschreiber, ein junger Gefreiter, der als einziger nicht zum Appell angetreten war, da er den Befehl hatte, den Fernsprecher zu hüten, polterte die Stiege vom Büro hinunter. »Herr Leutnant, Herr Leutnant! Meldung aus dem Bataillonsgefechtsstand!«

»Her damit« – Henschel riss ihm das Papier ungeduldig aus der Hand und ließ seine Augen über die Zeilen fliegen.

Marschbefehl für die 1. Kompanie: Sofortige Besetzung des oberen Bereiches des Düsternbrooker Gehölzes. Stellungen zwischen Nervenklinik und Hotel Bellevue bzw. Moltkestraße und Strandweg beziehen. Rückwärtige Sicherung Richtung Norden berücksichtigen. Anlandung der Meuterer erfolgte im Bereich Admiralsbrücke. Erste Versuche, Richtung Innenstadt und Marine-Akademie vorzurücken. Umgehungsversuche der Marine-Akademie wahrscheinlich, um über das Düsternbrooker Gehölz Richtung Norden vorzustoßen. Feuer frei nach eigenem Ermessen.

Ein donnerndes »Achtung!« Henschels ließ die nun von der Lethargie der Zeitlosigkeit befreite Kompanie zusammenfahren. »Kompanie: Gerät und Munition aufnehmen. Zugweise abrücken in den Stellungsbereich des oberen Endes

des Düsternbrooker Gehölzes. Und das alles im Eiltempo – Marsch, marsch!« Henschel wusste, dass nun jede Sekunde zählte. Das große Einfahrtstor zur Straße wurde geöffnet, und schon setzte sich der erste Zug in Bewegung.

Nun war von Dankenfels an der Reihe: »Zweiter Zug Achtung! Zu den Stellungen ohne Tritt Marsch. Die erste Reihe achtet darauf, dass der Abstand zum I. Zug konstant bleibt.« Sekunden später hatte bereits die gesamte Kompanie ihr Quartier in der Düppelstraße verlassen und strebte nach Osten Richtung Kieler Förde.

Als man die Mitte der Moltkestraße erreicht hatte, befahl Leutnant Henschel, der sich an der Spitze der Kompanie befand: »Laufschritt – bis wir das Düsternbrooker Gehölz erreichen.« Es war eine gespenstische Szene, als an diesem nasskalten, nebeligen Novembertag um halb sieben Uhr morgens die Kompanie in geschlossener Formation die Moltkestraße hinaufrannte. Es war noch ziemlich dunkel, da die Straßenbeleuchtung nicht mehr brannte und nur gelegentlich beleuchtete Fenster aufblitzten. Erst langsam schien die Stadt zu erwachen und zu erahnen, was hier im Gange war, an diesem Tage, an dem die einen Revolution machen wollten – und die anderen diese rücksichtslos niederzuschlagen planten. Fähnrich von Dankenfels lief seitlich auf der Höhe seines Zuges, immer wieder von der Spitze an das Ende pendelnd, um die Übersicht über seinen Zug zu behalten. Immer lauter wurde das Hecheln und Japsen einiger Soldaten, während die verschiedenen Ausrüstungsgegenstände aufeinanderklapperten. »Dranbleiben, dranbleiben, Männer! Keine Lücken entstehen lassen. Beißt die Zähne zusammen, wir haben es gleich geschafft.« Der zweite MG-Schütze, der unter der Last seiner beiden Munitionskisten bereits in Schweiß ausgebrochen war, stöhnte. »Gleichmäßig atmen, gleichmäßig atmen!«, sprach ihm von Dankenfels aufmunternd zu und dachte sich noch: *Hoffentlich spart Schweiß auch heute Blut* ... In diesem Moment waren erste Detonationen von weiter weg zu hören – dann die ersten Schüsse – dann das erste Knattern eines Maschinengewehrs. Je mehr sie sich dem Ende der Moltkestraße näherten, umso mehr Gefechtslärm drang an ihre Ohren.

»Kompanie«, erschallte von vorne Henschels Stimme und automatisch verlangsamte sich der Schritt aller. »Halt!« Und mit einem Male stand alles. »Zugführer zu mir!« Von Dankenfels rannte nach vorne. »Gerade noch rechtzeitig«, sagte Henschel und deutete in die Richtung des Gefechtslärms. »Die bewegen sich bereits in unsere Richtung – aber wir haben noch fünf Minuten Vorsprung. Feldwebelleutnant Winkler, Sie rücken mit dem I. Zug bis auf Höhe des Hotels Bellevue vor. Geben Sie Acht, dass sich unten am Strand niemand vorbeimogeln kann. Der Zug soll rasch, aber trotzdem möglichst unauffällig Stellung beziehen.«

»Jawohl, Herr Leutnant«, kam als knappe Antwort, und schon kommandierte Winkler seinen Zug weiter.

»Das gilt auch für alle anderen. Wenn wir nämlich ganz großes Glück haben, dann bemerken die uns erst, wenn wir sie vor den Flinten haben. Lasst sie also so weit wie möglich rankommen. Aus der gesicherten Deckung heraus können sie uns auch in der Überzahl nicht gefährlich werden. Der zweite Zug folgt dem ersten und der dritte dem zweiten. Seht zu, dass ihr eine bogenförmige Linie von hier bis zur Förde zusammenkriegt. Achtet auf die Abstände der

MG-Nester, damit sie sich in ihrem Wirkungsbereich nicht unnötig überlagern.«

Von Dankenfels fackelte ebenfalls nicht lange und stand bereits wieder vor seinem Zug. »Zweiter Zug, auf mein Kommando: Wir folgen dem I. Zug ab jetzt in gefechtsmäßiger Formation, in Schützenreihe, Gruppe hinter Gruppe. Die Abstände zwischen den Gruppen nicht zu groß werden lassen, erst kurz vor dem Beziehen der Stellung wieder mehr Luft lassen.« Der Fähnrich suchte kurz Blickkontakt mit seinem stellvertretenden Zugkommandanten: »Edmayr: Sie machen den Schließenden und halten zugleich Verbindung zum III. Zug.«

Der Bayer nickt nur kurz, murmelt ein kaum vernehmbares »Jawohl, Herr Fähnrich« in seinen Rauschebart und war auch schon unterwegs. Von Dankenfels warf einen Blick auf den bereits in Marsch befindlichen I. Zug, um den Zeitpunkt für das Kommando zum Abmarsch nicht zu verpassen, und nestelte beiläufig an den Stielhandgranaten an seinem Koppel herum, so als wolle er noch einmal alles in Ordnung bringen.

»II. Zug – Marsch!« Fast wäre das Kommando zu früh erfolgt, denn auch der I. Zug hatte sich in seine Gruppenbestandteile aufgegliedert und trottete nun mit merklich weniger Tempo als der sportliche Laufschritt von vorhin in Richtung Kieler Förde am oberen Rand des Parks entlang. Doch auch der deutlich langsamere gefechtsmäßige Vormarsch ermöglichte es, in wenigen Minuten den vorgesehenen Stellungsraum zu erreichen. Als von Dankenfels sah, dass der I. Zug vorne zum Stehen kam, signalisierte er per Handzeichen »Abstände vergrößern«. Nun ging eigentlich fast alles von selber, da die beiden ersten Züge eine Linie bildeten und der zweite fast reflexartig mit dem ersten mitzog, als dieser im Stellungsraum einige Meter vorrückte, um die natürlichen Gegebenheiten des Geländes bestmöglich auszunutzen und einigermaßen brauchbare Deckungsmöglichkeiten für die zu bildende Linie zu finden. Von Dankenfels war sofort klar, dass ihnen der Bataillonskommandeur hier eine vorzügliche Stellung am Rande dieses weitläufigen Stadtwalds zugewiesen hatte. Dieser war von einem sehr ursprünglichen Baumbestand geprägt und ähnelte eigentlich herzlich wenig einer künstlich angelegten Parkanlage. So gab es genug Bodenunebenheiten, hinter denen die Soldaten in Stellung gehen konnten, und wenn diese fehlten, gab es noch genügend Bäume, die zumindest für ein Infanteriegefecht ausreichend Schutz boten. Vor allem bot ihre Stellung noch den enormen Vorteil, dass sie zum Wasser hin für sie etwas abfiel, die Angreifer jedoch ungünstigerweise bergauf vorrücken mussten. Von Dankenfels vergewisserte sich noch, dass das MG – bei jedem Zug befand sich eines – in der Position mit dem größtmöglichen Wirkungsbereich aufgebaut wurde. Der kleine Hügel, der dem MG-Nest eine hervorragende Deckung bot, erlaubte von Dankenfels aber auch einen ausgezeichneten Überblick über die Geschehnisse, die sich nur ein paar hundert Meter weiter unten im Landungsbereich der Schiffsbesatzungen abspielten. Offenbar hatten die 2. und die S-Kompanie den Matrosen enorm zugesetzt, denn diese suchten ihr Heil bereits in der Flucht und liefen der 1. Kompanie geradewegs in die Arme. *Ob die wirklich so blöd sind und uns direkt vor die Flinte laufen?* Von Dankenfels runzelte die Stirn. Da krachte es auch schon von der linken Flanke her – offensichtlich hatten welche versucht, über den Strandweg der Förde entlang zu entkommen. Die ungeordneten Haufen der Matrosen, die alle mit roten Armbinden ausstaffiert und fast ausnahmslos – wie auch die Kastrup – mit K98 bewaffnet waren, wälzten sich nun die letzten hundert bis zweihundert Meter zu den Stellungen der 1. Kompanie hinauf. Von Dankenfels erkannte nun, dass die Masse der Matrosen tatsächlich frontal vor ihren Stellungen auftauchte. Ein Umstand, der auch Leutnant Henschel nicht verborgen blieb, der daraufhin umgehend einen Meldegänger zur 2. Kompanie entsandte: »Sofort nachrücken und den Anschluss zur 1. suchen, dann können wir den Sack zumachen.« Es war nicht zu fassen, wie blindlings die Matrosen, die sich immerhin anmaßten, die bestehende Ordnung stürzen zu wollen, hier in ihren eigenen Untergang taumelten.

MG-Schütze Habermann kommentierte beim Durchladen und Entsichern seines leichten Maschinengewehrs 08/18 lakonisch: »So rannten sie in ihr Verderben, wie Verräter halt zumeist so sterben …« Erst jetzt, aus einer Entfernung von teilweise unter hundert Metern, fielen die ersten Schüsse und die Matrosen erkannten die tödliche Gefahr. Zu spät!

»Feuer!«, brüllte von Dankenfels, und das MG 08/18 ratterte mit einer Kadenz von 600 Schuss in der Minute los und mit ihm sämtliche Gewehre des Zuges. Auch die Züge eins und drei hatten synchron das Feuer eröffnet, sodass der Tod unter den Matrosen reiche Ernte hielt. Sie wurden vor allem von den Feuergarben der MG weggemäht wie Grashalme. Die Meuterer, zu keiner ernsthaften Gegenwehr fähig, schossen nur vereinzelt zurück und das selten mit Trefferwirkung. Die geballte, optimal eingesetzte Feuerkraft der 1. Kompanie traf die Matrosen wie ein Donnerschlag. Ihre zahlenmäßige Überlegenheit – Major Hartmann ging bei der Lagebesprechung von deutlich mehr als eintausend Matrosen der verbliebenen Schiffsbesatzungen aus – war belanglos, denn was sich hier im Düsternbrooker Gehölz abspielte, war tatsächlich ein besseres Übungsschießen, allerdings auf lebende Ziele. Die rote Revolution, die an diesem Tage in Kiel ausgerufen werden sollte, vollzog sich nun in einem ganz anderen, grausamen Wortsinn: Dieser sonst so friedliche Ort, seit mehreren Generationen für die Kieler ein Refugium der inneren Einkehr, verwandelte sich binnen Minuten in ein Schlachthaus, in dem dutzende, ja bald hunderte Leiber zerschossener Matrosen die Erde mit Blut tränkten. Die verhinderten Revolutionäre färbten die zahlreichen Tümpel und kleinen Teiche rot; so hatten sich die vom Erfolg der Russischen Revolution Verführten und Verwirrten das alles natürlich nicht vorgestellt. In kopfloser Flucht wichen sie wieder zurück – um sofort auf die übrigen Haufen der Schiffsbesatzungen zu stoßen, in deren Rücken nun bereits die 2. Kompanie des 2. Kastrup-Bataillons stand, jener Kaiserlichen Schutztruppe, die an diesem Novembertag zum Inbegriff des Grauens für die Meuterer der Marine werden sollte. Schon hatten die beiden Kompanien Anschluss zueinander gefunden und zogen den Ring immer enger. Einige Matrosen versuchten zwar noch, über den Strandweg und die Förde schwimmend zu entkommen, aber auch das war aussichtslos und konnte die vollständige Einkesselung nicht verhindern, die in den nächsten Minuten unausbleiblich war.

Von Dankenfels wartete bereits auf einen Befehl, nachzurücken oder auf eine Bewegung der Züge rechts und links von ihm, als sich ein erschöpfter Meldegänger neben ihn in das MG-Nest warf.

»Befehl vom Bataillonsgefechtsstand, Herr Fähnrich!«

Von Dankenfels breitete den klein gefalteten Zettel aus und rückte sich den Stahlhelm etwas aus der Stirn.

Befehl für den II. Zug: Stellungen der 3. Kompanie wurden von einem Teil der Matrosen aus der Wiker Kaserne umgangen. Matrosen bewegen sich in Richtung Stadt. II. Zug muss so schnell wie möglich den zusammenlaufenden Kreuzungsbereich Holtenauer Str./Düppelstr. besetzen und die Matrosen dort aufhalten, bis Verstärkung eintrifft.

Der Fähnrich wusste, dass Major Hartmann in seiner gewohnten Umsicht den Bataillonsgefechtsstand in der Kieler Sternwarte eingerichtet hatte, wodurch er zentral und von einem leicht erhöhten Beobachtungsposten einen Großteil der Stadt überschauen konnte. Mit Sicherheit war ihm die im Gange befindliche Einkesselung nicht verborgen geblieben. Die Entscheidung, den II. Zug herauszuziehen und ihn am nächsten Brennpunkt in die Schlacht zu werfen, daher folgerichtig. »Händigen Sie den Befehl Leutnant Henschel aus – sagen Sie ihm, wir rücken sofort ab.« Der Meldegänger rannte wieder wie ein geölter Blitz davon.

»Zweiter Zug, Achtung: Wir laufen los, die Moltkestraße hinunter und dann weiter in die Düppelstraße, bis wir auf Widerstand stoßen und das Ganze im Laufschritt und in Schützenkette. Marsch, marsch!«

Wie irre rannte nun der Zug neuerlich durch die halbe Stadt, diesmal in entgegengesetzter Richtung. *Ob wir diesmal auch wieder rechtzeitig kommen – oder werden die*

Roten schneller sein?, schoss es von Dankenfels durch den Kopf. Vorsorglich ließ er den Zug gruppenweise in Schützenkette und zusätzlich noch abwechselnd links und rechts versetzt laufen, sodass im Falle eines unerwarteten Angriffes weniger Trefferfläche bestand und schneller mit Gegenmaßnahmen reagiert werden konnte. Dankenfels rannte an der Spitze seines Zuges, die Pistole in der Hand, gerade so, als habe er Angst, etwas zu versäumen. Er passierte die erste Kreuzung, winkte die darauffolgende Gruppe nach. Dann die zweite und gleich danach die dritte Kreuzung; erst auf Höhe der vierten Kreuzung drehte er sich um, um ein deutlich vernehmbares »Tempo, Männer!« nach hinten zu brüllen. Weiter ging die Hetzjagd! Mit jeder Straßenecke wuchs die Anspannung ins Unerträgliche.

»Hoffentlich san die Hundskrüppl ned vor uns da«, keuchte Feldwebel Edmayr, der sich nun ebenfalls neben dem Fähnrich an die Spitze des Zuges setzte.

Verschrei es bloß nicht, dachte der Fähnrich im Stillen, als er gerade im Begriffe stand, die nächste Straßenkreuzung zu passieren. In diesem Moment pfiff eine Kugel an ihm vorbei. Sofort hechtete von Dankenfels zurück hinter die Straßenecke und versuchte, um die Hauskante zu spähen. Da! Keine fünfzig Meter entfernt kniete ein Matrose, das Gewehr im Anschlag. Von Dankenfels winkte Edmayr herbei, der den Matrosen von der Hauskante aus unter Feuer nahm. Dann richtete sich sein Blick geradeaus, weiter die Straße hinauf – noch war nichts weiter zu sehen. Zwischen dem Matrosen und Edmayr entwickelte sich ein erster Schusswechsel. Nun galt es, die Gruppen möglichst schnell weiterzubewegen, um an dieser Stelle nicht festgenagelt zu werden. Da erblickte von Dankenfels schräg gegenüber ein abgestelltes Pferdefuhrwerk, das in der geöffneten Toreinfahrt eines Hauses stand.

»Los, schiebt den Wagen in die Mitte der Straße! Die 1. Gruppe geht im Schutze des Wagens mit und schaltet den feindlichen Schützen aus.« Das war zwar nicht mehr nötig, da in dem Moment, als der Fähnrich den Befehl erteilte, Edmayr erleichtert ausrief: »Treffer!« Dennoch erschien das Pferdefuhrwerk für das »sichere Überqueren von Straßenkreuzungen« als sinnvoll, weshalb es von Dankenfels mitnehmen ließ.

Das erwies sich schon an der nächsten Kreuzung als richtige Entscheidung, da ihnen hier schon wieder – diesmal aus mehreren Gewehrläufen – die Kugeln um die Ohren pfiffen. »Wagen in die Straßenkreuzung vorschieben – 1. Gruppe dahinter in Stellung gehen und den Feind niederhalten. Die anderen Gruppen vorsichtig im Schutz des Fuhrwerks weiter. Los-los!«

Da diese Straßenkreuzung relativ klein war, deckte das Fuhrwerk fast die Strecke von einer Häuserkante zur nächsten ab, wodurch der gesamte Kastrup-Zug problemlos vorbei konnte. Lediglich einen Soldaten der 4. Gruppe erwischte es am Bein; ein Streifschuss, schnell verbunden, und der Soldat war weiter kampftauglich. Dennoch war es das erste Blut, das beim II. Zug an diesem Tag geflossen war. Dafür gab es auf der Gegenseite mehrere ernsthafte Treffer, die das Feindfeuer verstummen ließen – die 1. Gruppe schoss hervorragend.

Trotzdem mahnte von Dankenfels zu erhöhter Vorsicht: »Sperrt die Augen und Ohren auf, haltet die Schützenkette ein, jeder deckt den anderen, nutzt jeden Vorsprung zur Deckung. Edmayr, Sie setzen sich mit der 4. Gruppe ans

Ende des Zuges und sichern auch nach hinten. Wir müssen damit rechnen, dass sie von allen Seiten angreifen.«

Die Kastrup-Soldaten arbeiteten sich vorsichtig Meter für Meter weiter vor, als beim Erreichen der letzten Kreuzung, das Ziel Holtenauer Straße/Düppelstraße bereits vor Augen, plötzlich von vorne massives Feindfeuer über sie hereinbrach. »Volle Deckung«, brüllte von Dankenfels. »Sucht Schutz in den Häusern! 1. Gruppe: Wagen nach vorn und auf der Kreuzung querstellen!« Neben ihm schrie der Gefreite Johanßen auf – seine Uniform verfärbte sich in Sekundenschnelle blutrot. Der Fähnrich trat eine Haustüre ein und schleifte Johanßen mit der Linken am Uniformkragen anpackend hinein, während er mit der Pistole in der Rechten einige Schüsse in die Richtung der schwer auszumachenden Gegner abgab. »Los, hier in das Eckhaus rein!« *Verflucht – ich muss den Zug schleunigst vom Präsentierteller bringen, sonst wird's brenzlig!,* schlussfolgerte von Dankenfels in einem Sekundenbruchteil, ohne den geringsten Anflug von Nervosität. Blitzschnell warf er eine Stielhandgranate in die Richtung, in der der Feind zu vermuten war, und schoss den Rest seines Magazins leer. Mittlerweile hatten sich seine Soldaten aus der ersten Schockstarre gelöst und feuerten so gut es ging zurück. Wiederum erwies sich das Pferdefuhrwerk als Retter in der Not, in dessen Schutze es der 1. Gruppe einigermaßen gelang, das feindliche Feuer zu erwidern. Als eine Handgranate nach der anderen jenseits der Kreuzung explodierte, verstummte der Beschuss kurz; schon huschte eine Gruppe, es war die zweite, in das Eckhaus. Von Dankenfels aber trieb sie sofort weiter: »Seht zu, dass ihr durch die Fenster auf die Querstraße und von dort in das gegenüberliegende Haus kommt. Versucht in den ersten Stock zu kommen und nehmt die Hunde von dort aus unter Beschuss, da könnt ihr sie leichter ausmachen.«

Da die Gruppe einen etwas verdatterten Eindruck machte, fragte der Fähnrich nach: »Wo ist überhaupt der Gruppenkommandant?«

»Unteroffizier Bucher ist ausgefallen – Bauchschuss«, kam es aus der Gruppe zurück.

»Na gut. Dann übernehme ich die Gruppe. Nachrücken auf mein Handzeichen«, sagte von Dankenfels und schon war er aus dem Fenster der Parterrewohnung auf die Querstraße gesprungen, um aus der geduckten Haltung in zwei Sprüngen die Straße zu überwinden, was verriet, dass er als Sportsmann auch den Dreisprung mit Bravour beherrschte. Allerdings landete er nicht wie bei dieser Sportart vorschriftsmäßig im Sandkasten, sondern ließ den Schwung gepaart mit Körperkraft und Masse, gegen die Eingangstür des Eckhauses gegenüber krachen. Der Erfolg blieb aus, aber es wäre nicht von Dankenfels gewesen, der, wo andere noch grübelten, schon längst den nächsten Anlauf unternahm. Mit einer Stielhandgranate entglaste er unbürokratisch die danebengelegene Fensterscheibe, um sie von innen öffnen zu können, und kletterte in das zu einer Wohnung gehörende Zimmer. Als er aus dem Zimmer in den Flur trat, kreischte ihm eine Frauenstimme entgegen. *Auch das noch!,* stöhnte er innerlich auf. Der Fähnrich hatte keine Zeit für lange einfühlsame Vorträge und herrschte die offensichtlich in Panik geratene Mutter von vier Kindern mittleren Alters an: »Ruhe!« Schlagartig verstummte die Frau. »Gibt es hier einen Keller?«

»Ja«, piepste die verängstigte Frau.

»Dann gehen Sie mit Ihren Kindern in den Keller und bleiben dort, bis Sie keine Schüsse mehr hören – verstanden?« Nun wackelte die ganze Familie verstört mit den Köpfen.

»Wer wohnt noch in diesem Haus?«

»Im Moment nur noch das alte Ehepaar im zweiten Stock.«

»Gut. Dann schicken Sie eines Ihrer Kinder, um das ältere Ehepaar ebenfalls in den Keller zu holen. Wo ist der Schlüssel zur Haustüre?«

»Die ist nur von innen mit einem Balken verriegelt.«

Ohne die Reaktion der Frau abzuwarten, begab sich der Fähnrich behände zur Haustüre, öffnete diese und signalisierte seinen Kameraden per Handzeichen: Nachrücken. Sofort überquerten die Soldaten der 2. Gruppe mit wenigen Sätzen die Straße und sammelten sich im Eingangsbereich des Hauses.

»Wer ist der schnellste Läufer der Gruppe?«, wollte von Dankenfels gleich von den Soldaten wissen.

»Meiser«, kam es unisono zurück

»Obergefreiter Meiser, ich brauche Sie ab sofort als Meldegänger und Aufklärer. Rennen Sie rauf bis auf den Dachboden und sehen Sie nach, ob man auf das Dach kommt. Versuchen Sie rauszufinden, wo das Gros der Matrosen ist und ob man von oben Sicht auf die Holtenauer Straße hat.«

Ein knappes »Jawohl, Herr Fähnrich!« folgte, und schon stürmte der Obergefreite die Treppen nach oben. Man hatte sich in der Kastrup darauf festgelegt, entgegen den Gepflogenheiten im Kaiserlichen Heer, Befehle nicht jedes Mal stupide zu wiederholen, sondern nur dann, wenn sie tatsächlich unklar oder akustisch schlecht zu verstehen waren.

»Ein Mann bleibt hier am Eingang, der Rest der Gruppe folgt mir rauf in den ersten Stock; mal sehen, wie wir sie erwischen können.« Gesagt – getan: Schon setzte sich der Trupp in Bewegung und stürmte das Stiegenhaus hinauf. Oben angekommen, konnte man durch ein Fenster auf die Straße sehen. Vorsichtig lugte von Dankenfels durch das geschlossene Fenster und konnte auf der gegenüberliegenden Straßenseite, ungefähr zehn bis zwanzig Meter etwas schräg hinter der Straßenkreuzung, zwei gut positionierte Matrosen mit roten Armbinden sehen. Sie hatten in einem Hauseingang Stellung bezogen und nutzten die sich ihnen bietende Deckung – einer kniend, der andere stehend –, um die Kastrup-Soldaten unter Feuer zu nehmen.

Die Eingänge zu den Wohnungen lagen beiderseits der Treppenpodeste. Von Dankenfels befahl, die Wohnungstüre rechter Hand einzutreten, um noch mehr Sicht in Richtung der feindlichen Schützen zu bekommen. Nachdem das Türschloss der Körpermasse zweier Soldaten, die sich mit entsprechendem Anlauf gleichzeitig gegen die Türe geworfen hatten, nachgab, eröffnete sich für Dankenfels und seine Männer hinter einem langgezogenen Flur ein großes Wohnzimmer, das man ohne weiteres auch als Salon hätte titulieren können, mit drei weiteren Fenstern und noch besseren Aussichtsmöglichkeiten. Schnell wurden weitere gut positionierte Matrosen ausgemacht, die links und rechts der Straße, zumeist hinter den Simsen der Hauseingänge, in Stellung gegangen waren und deren Feuer nach wie vor den II. Zug in Schach hielt. Es dürften insgesamt ein gutes Dutzend Matrosen gewesen sein, die es nun rasch auszuschalten galt, um von hier wegzukommen. Der Fähnrich brauchte über die Lösung des Problems nicht lange nachzudenken: »Achtung Männer … Verteilt Euch auf die drei Fenster. Auf eins entsichert jeder eine Handgranate. Auf zwei werden die Fenster geöffnet. Auf drei die Dinger nach unten geworfen – und zwar möglichst gestreut.« Im Nu waren die Männer an den Fenstern und hatten ihre tödlichen Wurfgeschosse in der Hand, die Verschlussdeckel abgeschraubt, und blickten ihren Kommandeur in Erwartung des Kommandos an.

»Eins« – Mit einem Ruck rissen die Soldaten an den Zündschnüren der Handgranaten. »Zwei«, die Fenster flogen gleichzeitig auf. »Und drei!« Die Stielhandgranaten flogen aus den Fenstern, um einen Wimpernschlag danach auf der Straße aufzuschlagen. Mit einer Verzögerung von zwei oder drei Sekunden folgten dumpfe Detonationen: Bumm-bumm-bumm …

Für einen Moment lang Stille, dann drangen von der Straße mehrere Schmerzensschreie herauf. »Feuer frei!«, bellte Hans von Dankenfels, dessen stählerne Gesichtszüge ihn in diesem Moment zu einem Ebenbild des Gottes Mars erhoben. Das war nicht mehr der zermürbte Jüngling, der sich noch vorgestern mit inneren Gewissenskonflikten nachts im Bett gewälzt hatte, hier stand ein gereifter Krieger, ein »eisenhaltiges Element«, wie sein Vater so gerne anerkennend über die kampfbewährten Frontsoldaten sagte. Seine konturierten, wie gemeißelt wirkenden Gesichtszüge – vor allem die ausladende Kinnpartie – verschmolzen mit den Kanten seines Stahlhelms im fahlen Licht des angebrochenen Tages zu einer Einheit, zu einer Einheit von Kraft und Willen, die entschlossen war, allen Herausforderungen dieses Tages zu trotzen – so oder so. Diese innere Wandlung blieb seinen Männern nicht verborgen, und je länger dieser blutdurchtränkte Tag dauerte, umso mehr wuchs sein Ansehen in ihren Augen. Der baltische Baron und Fähnrich der Kastrup schien mit dem Charisma einer soldatischen Führerpersönlichkeit ausgestattet zu sein – eine Führungspersönlichkeit, die an diesem Tage ihre Feuerprobe bestehen würde.

Während seine Männer feuerten, was ihre Karabiner hergaben, bestückte er seine Luger mit einem neuen Magazin. Dank der Position in der Wohnung konnten die Matrosen auf der Straße nun sehr gut aufs Korn genommen werden, und auch die im Schutze des Pferdefuhrwerks operierende 1. Gruppe mit Edmayr konnte mittlerweile die Kreuzung überwinden, sodass die Matrosen nun von zwei Seiten Feuer bekamen und relativ schnell – einer nach dem anderen – ausgeschaltet werden konnten. Inmitten des Gefechtslärms hörte von Dankenfels plötzlich ein Poltern im Stiegenhaus und fuhr unwillkürlich mit der Pistole in der Hand herum.

»Herr Fähnrich, Herr Fähnrich!«, ereilte ihn da der Anruf des Obergefreiten Meiser, nachdem dieser wieder das Stiegenhaus heruntergeprescht war und die eingedrückte Wohnungstüre im ersten Stock erblickt hatte. »Sie müssen nach oben, Sie müssen sich das ansehen.« Von Dankenfels stürmte die Stockwerke in Windeseile nach oben, im Lauf gleich zwei oder drei Stufen auf einmal nehmend. Durch einen einfachen Durchstieg kam man aufs Dach. Dort angekommen konnte der Fähnrich dank eines auf die Dachkante aufgesetzten Türmchens einwandfrei überblicken, dass Matrosen aus der Holtenauer Straße die Düppelstraße hinunterkamen – sie waren ihnen also zuvorgekommen!

Das war aber nicht alles: Mit dem Feldstecher konnte von Dankenfels eine noch größere Anzahl von Matrosen ausmachen, die sich aus Richtung Norden kommend in Kolonnen die Holtenauer Straße Richtung Stadt und damit auf sie zu bewegten.

Meiser schätzte die Größenordnung der hier anrückenden Meuterer auf mehrere hundert Mann, was auch von Dankenfels realistisch erschien. Er biss sich kurz auf die Unterlippe und überlegte: »Verflucht, die sind schon da. Das heißt, die Matrosen in der Düppelstraße kriegen Verstärkung – dann stecken wir hier fest.« Die zu besetzende Kreuzung war bereits in Feindeshand, wobei das Gros der Matrosen, die es ja aufzuhalten galt, schon im Anmarsch war. In dieser verzwickten Situation schoss dem Fähnrich eine Eingebung durch den Kopf: *Wenn wir unten nicht weiterkommen, müssen wir eben oben drüber!*

In einem Sekundenbruchteil hatte er einen verwegenen Plan gefasst: »Meiser: Befehl an Edmayr und die Gruppenkommandanten. Alles hier rauf aufs Dach. Edmayr und die 1. Gruppe decken den Rückzug. Wenn die im Haus sind, sollen sie alles verbarrikadieren. Der Sani soll nach einem sicheren Versteck für die Verwundeten in den Häusern suchen und sie dort deponieren. Die holen wir nachher, über die Dächer können wir sie nicht mitnehmen.« Schon stürmte Meiser los, um nach nur zwei Minuten wieder bei von Dankenfels aufzutauchen.

»Befehl ausgeführt, Herr Fähnrich«, schnaufte er, durch den akuten Sauerstoffmangel kaum noch hörbar.

»Nehmen Sie erst mal einen Schluck aus der Wasserflasche, Meiser«, entgegnete von Dankenfels, ohne dabei seinen Feldstecher abzusetzen, mit dem er weiterhin angestrengt die Umgebung aufzuklären versuchte. »Wo bleiben die Jungs? Wir haben's eilig …«

»Die 3. Gruppe ist gleich da, Herr Fähnrich«, antwortete der Obergefreite, der anfing, wieder gleichmäßig zu atmen.

»Vollzählig?«

»Ja, Herr Fähnrich.«

»Gut, denn die 3. hat das MG und die werden daher am längsten brauchen. Dann übernehme ich gleich die Gruppe und rücke mit ihr vor, wir haben keine Zeit zu verlieren. Befehl an Edmayr und die Gruppenkommandanten: Gruppenweise nachrücken, die sollen aufpassen, dass keiner vom Dach fällt!«

»Jawohl, Herr Fähnrich«, gab Meiser, der nun wieder einigermaßen Luft bekam, zurück, und stürmte wieder das Stiegenhaus hinunter. Im gleichen Moment tauchte auch schon die 3. Gruppe bei von Dankenfels auf.

»Aufgepasst Männer, jetzt gilt es! Wir müssen über die Dächer des ganzen Häuserblocks, um vorne am Ende des Blocks zur Holtenauer Straße hin Stellung beziehen zu können. Folgt mir!« Der Fähnrich begann nun den Dachfirst zu überklettern, um es seinen Männern vorzumachen. Von dem Türmchen aus hatte es so ausgesehen, als ob zwischen den Häusern keine Abstände wären und sie agglutinierend aneinandergebaut stünden; genau konnte man das aber natürlich nur sagen, wenn man sich unmittelbar davor befand. *Wozu soll ich die Jungs unnötig nervös machen?*, dachte sich der junge Baron schelmisch und fühlte sich für einen kurzen Moment beim Überklettern der Hausdächer in seine oftmals auch sehr abenteuerliche Kindheit auf Ösel zurückversetzt, wo er das Herumklettern auf den unmöglichsten Orten mit seinen Spielkameraden besonders geliebt hatte. Doch für Ausflüge in die heimeligen Kindheitserinnerungen in seiner baltischen Heimat war hier wahrlich nicht die Zeit … Plötzlich rutschte er beim Versuch, auf ein etwas steileres Dach zu steigen, ab, und landete etwas unsanft ziemlich genau am Ausgangspunkt des Aufstiegsversuches. Der Fähnrich musste sich eingestehen, dass seine Stiefel nicht gerade prädestiniert für alpinistische Herausforderungen waren. Somit waren wieder einmal seine unkonventionellen Ideen gefragt. Bevor noch der nächste Mann nachkam, hatte er bereits durch simples Entfernen von sieben oder acht Dachziegeln eine perfekte Aufstiegshilfe für alle geschaffen.

Dank dieser wie üblich direkten und unkomplizierten Vorgehensweise des Fähnrichs – die im Nachgang der Ereignisse vielleicht nicht unbedingt bei den Hausbesitzern, wohl aber bei der Dachdeckerinnung für Freude gesorgt haben dürfte –, konnte der Zug die rund zehn Dächer des Häuserblocks in einer ansehnlichen Zeit überwinden. Allerdings war am letzten Haus, das bereits an die Holtenauer Straße angrenzte, Endstation, da dieses ein spitzes Giebeldach hatte und zwar straßenseitig über Fenstergauben verfügte, rückwärtig aber über keinerlei Öffnungen. Die für Dachdecker und Schornsteinfeger vorgesehenen Tritthilfen und Ausstiege waren ebenfalls straßenseitig angelegt. Diese zu nutzen hätte aber natürlich Aufmerksamkeit erregt, wodurch wieder einmal der unbürokratische Weg beschritten werden musste.

»Ziegel abdecken und ein paar Dachlatten rausreißen. Schafft einen Einstieg, der groß genug ist, damit wir hier problemlos rein- und rauskommen«, befahl von Dankenfels den ersten, die ihm nachgekommen waren. Die Männer gingen zu Werke, da stolperte der Obergefreite Meiser daher und landete unsanft neben dem Fähnrich auf dem Hosenboden. »Meiser, nehmen Sie sich eine Gruppe und sehen Sie zu, wie man das Haus von unten her wirkungsvoll verbarrikadieren kann. Das muss zuvorderst gemacht werden, bevor wir hier losballern.« Meiser, ein Elsässer aus Hagenau, der sich an diesem Tag bereits mehrfach als patenter Soldat erwiesen hatte, setzte sich sofort mit der für ihn typischen Beschleunigung in Bewegung.

»Die 3. Gruppe soll das Haus von oben nach unten durchkämmen und sämtliche Zivilisten in den Keller verfrachten. Danach beziehen wir in den beiden oberen Etagen Stellung«, befahl der junge Baron mit einer Selbstverständlichkeit und Routine, die selbst bei alten »Frontschweinen« den Eindruck erwecken musste, als ob er in seinem Leben nichts anderes gemacht hätte. »Aber seht zu, dass wir von der Straße her nicht bemerkt werden, der Überraschungsmoment ist auch jetzt wieder entscheidend!« Die Soldaten setzten sich wie üblich sofort und ohne langes Nachfragen in Bewegung, um die Befehle rasch auszuführen. In dieser Situation machte sich die Ausbildung bei der Kastrup besonders bezahlt: Ihr Schöpfer, General von Lindenheim, hatte sie eben speziell auch für die Einsätze im Innern aufgebaut, und daher auch die Ausbildung auf Erfordernisse des Häuserkampfes oder Kämpfe in bewohntem Gebiet fokussiert. So dauerte es auch in diesem Falle wiederum nicht lange, bis dem Fähnrich Vollzugsmeldung über die Umsetzung seiner Befehle gemacht wurde. In der Zwischenzeit war auch Edmayr mit der 1. Gruppe eingetroffen. »II. Zug bis auf die drei Verwundeten vollzählig, Herr Fähnrich.«

»Konntet ihr das Haus verbarrikadieren?«, fragte von Dankenfels nach.

»Na, des ned. Aber der Müller, der narrische Hund, seines Zeichens gelernter Steinmetz, hat im Keller a Werkzeug gefunden und zsammen ham's es gschafft, das halbe Treppenhaus zum Einsturz zu bringen. Do kommt kein Schwein mehr nauf – nur mir hoilt aa nimmer obe«, grinste der Feldwebel breit.

»Dann müssen wir uns eben wieder einen neuen Ausgang suchen«, gab der Fähnrich nicht minder amüsiert zurück. Schnell kehrte er aber wieder zum Ernst der Lage zurück. »Verteilt euch auf die Fenster der beiden oberen Etagen. Auf meinen Pfiff hin fliegen zuerst die Handgranaten und dann: Feuer frei.«

Eine Minute später herrschte gespannte Ruhe im Hause, nur von der Straße drang der Lärm krakeelender Matrosenhaufen nach oben. Der Fähnrich stand im Halbstock zwischen vierter und fünfter Etage und blies einmal kurz in seine Trillerpfeife, deren greller Ton durch den Widerhall des Treppenhauses wohl auch noch im Keller zu hören war. Schlagartig wurden sämtliche Fenster der beiden Etagen aufgerissen und die Handgranaten flogen im hohen Bogen auf die Straße, um dort Sekunden später zu krepieren. Nun ratterte das MG los, und ein Feuerüberfall aus allen Läufen traf die Matrosen aus heiterem Himmel. Bis die Matrosen begriffen hatten, wie ihnen hier geschah und von woher sie da Feuer bekamen, war es für viele bereits zu spät. Weit über hundert Verwundete und Dutzende Tote säumten die Straßenkreuzung und den Bereich davor. Erst langsam formierten sich die Matrosen, nachdem sie sich zunächst einmal aus dem Wirkungsbereich der Kastrup-Gewehre gebracht hatten, zum Gegenangriff, und es entwickelten sich erste Feuergefechte. Die Matrosen waren erfüllt von ohnmächtigem Zorn, als ihre Rädelsführer beschlossen, die »kaiserlichen Mordbuben« unter allen Umständen ausräuchern zu wollen. Genau das war aber ein Fehler, denn so wurden sie von einem einzigen Zug aufgehalten, anstatt plangemäß in die Stadt vorzudringen, sich mit den streikenden Arbeitern und der zum Teil mit ihnen sympathisierenden Bevölkerung zu vereinigen, um das Rathaus zu besetzen; auch wenn dieser Plan sich als undurchführbar erwiesen hätte. So entstand an diesem Vormittag an der Holtenauer Straße, nachdem das Überraschungsmoment verpufft war, relativ schnell ein Patt, da der Kastrup-Zug in seinem Wirkungsbereich nun eingeschränkt war und die Matrosen gleichzeitig nicht in der Lage waren, das gut verbarrikadierte und leicht zu verteidigende Haus zu stürmen. Die Schusswechsel zogen sich bereits über eine Stunde hin, ohne dass es auf Seiten der Kastrup nennenswerte Ausfälle gegeben hätte. Mal gab es einen Schulterdurchschuss und immer wieder mal einen Streifschuss, aber generell waren die Kastrup-Schützen oben in ihrer gesicherten Deckung natürlich viel schwieriger zu treffen als die Matrosen unten, die schlechtere Deckungsmöglichkeiten hatten – und zudem auch schlechter schossen. Nach einer weiteren halben Stunde – es war mittlerweile 11:00 Uhr geworden –, wurde es für den Kastrup-Zug plötzlich brenzlig. Aus mehreren Räumen ertönte der Ruf »Leergeschossen«; sofort befahl der Fähnrich »Munitionsausgleich durchführen!«, worauf die einzelnen Gruppen ihre Munitionsbestände durchzählten und die vorhandene Munition gleichmäßig aufteilten. »Nur noch lohnende Ziele bekämpfen!«, befahl von Dankenfels. Auch die Munition für das MG wurde langsam knapp. Dass die Munition jetzt erst ausging, war ausschließlich der Umsicht von Major Hartmann zu verdanken, der befohlen hatte, die Tornister mit Munition zu beladen, und bei der Lagebesprechung scherzhaft – und dennoch im vollen Ernst – meinte: »Essen fassen können die Jungs zu Mittag, wenn die Revolution niedergeschlagen ist, bis dahin müssen zwei Feldflaschen für jeden reichen.« So kam es, dass jeder Schütze nicht nur seine acht Magazine für den K98 wie sonst auch üblich am Mann hatte, sondern zusätzlich zu mehreren Handgranaten noch 200 bis 300 in Schachteln verpackte Patronen im Tornister. Allerdings schleppte fast die Hälfte des Zuges im Tornister MG-Munition, da hier der Verbrauch natürlich am größten war. Von Dankenfels zog sich nach diesem letzten Befehl aufs Dach zurück, um sich von oben einen Überblick zu verschaffen. Kaum hatte er am etwas höheren Dachfirst des Nebenhauses einen Kamin erklommen, der rundherum von einem bequemen Trittgitter umschlossen war, brüllte auch schon der Obergefreite Meiser aus dem ins Dach geschlagenen Durchlass herauf: »Herr Fähnrich, die Schweine haben das Haus angesteckt, die wollen uns ausräuchern!«

»Haben Sie Verwandtschaft hier im Hause, Meiser?«, gab von Dankenfels knochentrocken zurück.

»Wie, äh … äh – nein, Herr Fähnrich!?«, erwiderte ein sichtlich verwirrter Meiser.

»Na also, ich auch nicht, also beruhigen Sie sich. Das Feuer wird unseren Rückzug decken und außerdem habe ich vorher bereits Hilfe von oben erbeten.«

»Vom lieben Gott?«

Dankenfels, den sein Großvater geistig ganz in der Welt der germanischen Mythologie hatte aufwachsen lassen und dem der »liebe Gott« der Christen genau so fern und fremd war wie Allah oder Buddha, musste schmunzeln.

»Warten Sie's ab, Meiser …«

*

Am Bataillonsgefechtsstand herrschte sichtliche Anspannung. »Wo steckt der Zug von Dankenfels?«, fragte Major Hartmann immer wieder nach, ohne zu erwarten, dass ihm jemand die Frage beantworten könnte. Stattdessen ging er vom Kartenraum immer wieder hinauf zur Kuppel, wo am höchsten Punkt der Sternwarte permanent Beobachter mit Ferngläsern das gesamte Stadtgebiet von Kiel aufmerksam überwachten.

»Da, Herr Major, Rauchschwaden aus der Nähe der Schlossbrauerei!«

»Lassen Sie mich sehen!« Hartmann bemächtigte sich des riesigen Feldstechers seines Stellvertreters, des Hauptmanns Witt. »Hm … das könnte die Kreuzung Düppelstraße/Holtenauer Straße sein. Wenn wir bloß wüssten, was dort los ist …« Plötzlich sah der Bataillonskommandeur etwas von dort vorne in die Höhe schießen. Die Sternwarte befand sich von der Schlossbrauerei Luftlinie rund einen Kilometer entfernt, was an einem trüben Novembertag dem Beobachter durchaus weit weg erscheinen konnte. Dennoch gab es für Hartmann keinen Zweifel, dass er gerade eine Leuchtrakete gesehen hatte. Da! Nochmals, dieses Mal eine helle, nachdem die erste eine dunkle war. »Einundzwanzig, zwoundzwanzig, dreiundzwanzig …«, Hartmann zählte laut zehn Sekunden runter, alle Mann auf dem Turm starrten nun gebannt in Richtung Schlossbrauerei.

»Rot!!!«, brüllte Hartmann lauthals. »Das ist von Dankenfels, das ist das vereinbarte Zeichen! Witt: Lassen Sie die Fliegerstaffel starten. Ziel Schlossbrauerei – Holtenauer Straße/Düppelstraße. Die sollen alles unter Feuer nehmen, was sich da unten bewegt!«

Die Marinefliegerstaffel, die für diesen Spezialeinsatz vorgesehen war, lag gut getarnt und vertäut in einer kleinen unauffälligen Bucht vor Eckernförde. Hartmann wollte auf Nummer sicher gehen und auf jeden Fall verhindern, dass die Matrosen von seinem As im Ärmel Wind bekamen. Da er nach dem Offenbarwerden der Verschwörung der Marinc insgesamt misstraute, unterstellte er als de facto Oberkommandierender von Kiel die Staffel kurzerhand der Kastrup.

Damit der Einsatz dieser Spezialwaffe auch im entscheidenden Moment glückte, hatten die Fernmelder noch in der Nacht schnell ein provisorisches Kabel von Eckernförde zum Ankerplatz der Staffel gezogen. Damit war eine direkte Verbindung vom Bataillonsgefechtsstand zur Marinefliegerstaffel gewährleistet. Als der Anruf kam, mussten daher nur noch die Leinen losgemacht werden, und die fünf Junkers CL.I konnten sofort über die Ostsee starten. Die Ju CL.I war eine der bemerkenswertesten deutschen Entwicklungen in diesem Jahr gewesen und bewies, dass der Erfindergeist deutscher Ingenieure auch im fünften Kriegsjahr nicht erlahmt war. Der Angriffsjäger war eine Weiterentwicklung des Eindecker-Jägers D.I, wie dieser auch eine Konstruktion aus Stahlrohr und gewelltem Duraluminiumblech. Der Konstrukteur, Hugo Junkers, hatte mit der Ju

J1 bereits 1915 das erste Ganzmetallflugzeug überhaupt geschaffen. Aufgrund seiner besonderen Robustheit stellte die CL.I zweifellos das bislang beste Erdkampfflugzeug des gesamten Krieges dar, das allerdings aufgrund der geringen Stückzahl noch keine Rolle spielen konnte. Die fünf – momentan direkt der Kastrup unterstellten – Flugzeuge waren die ersten Wasserflugzeuge dieses Typs überhaupt; noch bemerkenswerter: diese waren mit maximal 180 km/h schneller als die Landversion mit 169 km/h. Die Staffel konnte also, nachdem sie von ihrem Ankerplatz vor Eckernförde gestartet war, die knapp 20 Kilometer Luftlinie landeinwärts nach Kiel in wenigen Minuten bewältigen.

*

»Mir ham koa Munition mehr, Herr Fähnrich – wos soll ma jetzt machen?«, rief Edmayr zu von Dankenfels, der immer noch oben am höchsten Punkt des Nebenhauses mit dem Fernglas den Horizont absuchte.

»Zusammenpacken, mein Lieber – wir rücken ab!«, entgegnete ihm dieser merkwürdig entspannt und locker. »Bei dem Qualm ersticken wir nämlich sonst, und außerdem ist unser Auftrag erfüllt.«

»Auftrag erfüllt, Herr Fähnrich – wos hoaßt jetzt des?« Edmayr setzte einen besonders verwirrten Blick auf.

Von Dankenfels deutete auf den Himmel nach Norden, grinste schelmisch und meinte nur: »Alles Gute kommt von oben.«

Edmayr starrte mit offenem Mund auf mehrere kleine Punkte, die sich auf sie zu bewegten und größer wurden, auch konnte er Motorengeräusche hören. »Flieger!?«

»So ist es. Nun aber mal rasch abrücken lassen, Edmayr – sonst verkokeln wir hier noch vor lauter Freude. Das Spektakel von den Fliegern können wir uns auch noch von den Dächern aus ansehen …«

»Wos is mit die Leit im Keller?«, fiel Edmayr noch ein.

»Müssen dort ausharren, im Normalfall sind sie dort unten sicher. Sobald wir wieder am Standort sind, geben Sie für alle Fälle noch der Feuerwehr Bescheid, die sollen sie rausholen.«

*

Kaum hatte die erste Handvoll Soldaten hustend, aufgrund der mittlerweile auch ganz oben sehr starken Rauchentwicklung, das Dach erreicht, kam es zu mehreren Detonationen, und es ratterten zahlreiche MG los. Instinktiv warfen sich die Männer auf den Boden. Erst das Aufröhren der 180-PS-Mercedes-Motoren verriet ihnen, dass es sich um Bordwaffen handeln musste. Mit offenen Mündern standen die nach und nach aufs Dach heraustretenden Angehörigen des II. Zuges da und verfolgten eine Szenerie, die die meisten in diesem Moment wohl etwas überforderte. Immer wieder setzten die fünf Junkers CL.I im Tiefflug über die Holtenauer Straße an, um mit ihren nach vorne gerichteten, starren Zwillings-MG die Matrosen von der Straße zu fegen. Da das Flugzeug ein Zweisitzer war und der zweite Mann über ein bewegliches MG verfügte, konnte dieser auch ergänzend gegen die Flugrichtung feuern. Zudem führten sie in ihren Rümpfen eine tödliche Fracht mit, die sie bereits größtenteils beim ersten Anflug abgeladen hatten. Das Ergebnis war verheerend: Da die Matrosen das

Pech hatten, sich beim Anflug der Flieger größtenteils auf der Holtenauer Straße aufzuhalten und wohl kaum mit Gefahr von oben rechneten, hielt der Tod furchtbare Ernte – es blieben hunderte Tote und Verletzte liegen, denn nicht nur der Direktbeschuss, sondern vor allem auch die Querschläger trafen immer wieder. Wenige Anflüge der Fliegerstaffel genügten, um hier den Krieg in seiner grausamsten Form mitten in eine Stadt zu tragen: Blutbäche ergossen sich über Straße und Gehsteige, zuckende, winselnde, um Hilfe schreiende Leiber lagen überall herum … Am allerschlimmsten waren die zerfetzten Leichen, die die Holtenauer Straße auf einer Länge von mindestens einem Kilometer bedeckten. Was die Bordwaffen und abgeworfenen Granaten hier anzurichten vermochten, spottete jeder Beschreibung und überstieg alles, was sogar die hartgesottensten Frontsoldaten in der Lage waren auszuhalten. Schon beim Auftauchen der Flieger gab es hier ja schon genug Gefallene, die nun bei jedem neuerlichen Anflug immer wieder von den MG durchsiebt und von Granaten zerfetzt wurden. Körperteile wurden fragmentiert, menschliche Innereien über das Pflaster versprengt, Gehirnmasse verspritzt, und alles untermalt vom irren Geruch des Todes und der Farbe des Blutes, die die Grundierung für dieses entsetzliche Gemälde des Krieges abgab. Kein barocker Meister wäre in der Lage gewesen, sich den Horror des Todes, der Vernichtung und Zerstörung des Krieges so auszumalen, wie er hier an diesem Tage in Kiel Wirklichkeit wurde. So wurden die Matrosen durch diese ungeheure, entsetzliche und noch dazu völlig unerwartete Wucht und Grausamkeit dieses Tieffliegerangriffes völlig auseinandergetrieben und versuchten sich, zumeist einzeln, abzusetzen oder vor dem unfassbaren Horror zu verstecken, der da vom Himmel über sie gekommen war. Ihr Widerstandswille war schlagartig erloschen, die Überlebenden würden wohl so schnell nicht mehr an revolutionäre Abenteuer denken.

Der II. Zug zog sich nun ohne Eile wieder über die Dächer zurück und wartete am anderen Ende des Blocks noch ab, da es keine weiteren Befehle gab. Erst als man auf der Düppelstraße Soldaten der 2. Kastrup-Kompanie erkannte, begab man sich in das nahegelegene Quartier zurück, um die Verwundeten versorgen zu können. Fähnrich von Dankenfels wurde sofort zum Bataillonsgefechtsstand beordert, um einen umfassenden Bericht zu erstatten. Nachdem er dies bei der Lagebesprechung gemeinsam mit den anderen Kompaniechefs getan hatte, sprach ihm der Bataillonskommandeur eine Belobigung aus: »Fähnrich von Dankenfels, Sie haben Ihre Feuerprobe mit Bravour bestanden – gratuliere. Aber nicht nur Sie, das ganze Bataillon hat sich bewährt und damit bewiesen, dass die Kaiserliche Schutztruppe ihren Namen zu Recht trägt.« Nach einer kurzen, aber herzlichen Verabschiedung, setzte Major Hartmann sofort die so wichtige Meldung an die OHL auf:

Meldung zur aktuellen Lage in Kiel: Alle Ziele wurden vollumfänglich erreicht! Sämtliche revolutionären Aktivitäten wurden bereits im Keim erstickt. Matrosen werden von der Stadt ferngehalten. Schwere Gefechte am Hafen und im Düsternbrooker Gehölz. Lufteinsatz an der Holtenauer Straße. Verluste der Matrosen dürften über 1000 Mann betragen. Eigene Verluste fast keine. Versprengte Reste werden zusammengefangen und arretiert. Ebenso rote Agi-

tatoren und subversive Elemente. Die Rädelsführer Karl Artelt und Lothar Popp wurden standrechtlich erschossen. Sämtliche Schiffe sind wieder unter unserer Kontrolle. Vereinzelte Versuche, Schiffe zu versenken, wurden durch unsere Pioniere vereitelt. Kastrup übt zusammen mit den Ordnungskräften und dem 17. Holsteiner Landwehrbataillon die vollständige Kontrolle über Stadt und Hafen aus. Bevölkerung bis auf Unmutsäußerungen größtenteils passiv. Der Revolution wurde in Kiel der Garaus gemacht!
Kiel, 3.11.1918, 12:51 Uhr; gez. Hartmann, Major d. 2. Kastrup-Bat.

Berlin, 3.11.1918

»Do predele.« Unwillkürlich entfuhr Swoboda ein Fluch in seiner Muttersprache. Er konnte nicht glauben, was er da mit eigenen Augen sah. »Das kann doch nicht mit rechten Dingen zugehen … das muss doch Verrat sein!« Aus einer Entfernung von etwa 300 bis 400 Metern vor dem Brandenburger Tor sah er, wie vor dem mit Stacheldraht, Spanischen Reitern und MG-Stellungen hermetisch abgeriegelten Regierungsviertel jeglicher Versuch, eine größere Menschenansammlung zu bilden, verhindert wurde. Mit Knüppeln bewehrte Polizisten und Soldaten mit aufgepflanzten Bajonetten trieben die Leute auseinander, bevor auch nur eine einzige größere Menschentraube entstehen konnte. Schon bewegten sich auch wieder größere Menschengruppen in seine Richtung – gefolgt von Polizisten, die sie anherrschten: »Geht nach Hause! Hier gibt es nichts zu sehen. Hier findet keine Revolution statt – los, haut ab!« So oder so ähnlich verkündeten es die Ordnungskräfte immer wieder lauthals. Swoboda wurde von einer ohnmächtigen Wut gepackt und immer wieder fuhr ihm ein Wort wie ein Blitzschlag durch alle Glieder: »Verrat! Verrat!! Verrat!!!« Unwillkürlich wurde er vom Strom der Menschen mitgenommen und fortgetragen – ehe er einige hundert Meter weiter, schon fast bei der Siegessäule, zum Stehen kam. Erst jetzt sammelte er sich wieder und brüllte seine ganze Wut dem Nächstbesten entgegen: »Was ist hier los, verdammt nochmal?«

»Wat hier los is? Na, lies ma, wat hier steht, dann weeste es …«, sagte der Mann, und deutete auf eine Litfaßsäule, die rundherum affichiert war mit ein und derselben offiziellen Verlautbarung:

Spa, 3. November 1918 – An das deutsche Volk!
Mitten in der entscheidenden Phase des großen Völkerringens, wo es um den Bestand unseres geliebten Vaterlandes und den Erhalt der heiligen Heimaterde geht, hat eine kleine, verbrecherische Verschwörerclique versucht, der Front in den Rücken zu fallen und damit das Reich unseren Feinden zum Fraß vorzuwerfen. Der Versuch, die heldenhaft an der Front kämpfenden Soldaten von hinten zu erdolchen, ist im Keim erstickt worden! Diese Verschwörung, maßgeblich angestiftet und mitgetragen vom Ausland, durchgeführt von den nützlichen Idioten der Sozialdemokratie, wurde jedoch rechtzeitig vom Kaiserlichen Abschirmdienst aufgedeckt und vereitelt. Für alle größeren Städte gilt daher ab sofort und bis auf Widerruf eine Ausgangssperre, Menschenansammlungen – egal welcher Art – sind verboten. Jegliche Art von Konspiration, Meuterei oder Insurrektion wird vor dem Standgericht mit dem Tode bestraft. Jeder

achtbare Deutsche ist aufgefordert, an seinem Platz nicht nur seine Pflicht zu tun, sondern darüber hinaus alles nur denkbar Mögliche, bis der Sieg in unseren Händen ist!
Für die OHL:
gez. von Hindenburg, Reichsmarschall
gez. Ludendorff, Generaloberst

Swoboda begann wie ein Wolf zu knurren, während es in ihm kochte und brodelte wie im Inneren eines Vulkans. Doch statt wie ein Vulkan auszubrechen, begann er wie Rumpelstilzchen herumzuhüpfen und einen Veitstanz aufzuführen: »Diese verfluchten Hunde, diese verfluchten Hunde! Ich werde sie vernichten …« Die Umstehenden, etwas verwirrt von Swobodas seltsamem Gebaren, staunten über das Groteske der Situation, das durch die äußeren Umstände einen fast surrealen Anstrich bekam. Als der Tscheche dies bemerkte, feixte er: »Was steht ihr hier rum und glotzt mich blöd an wie die Maulaffen!? Geht wieder zurück! Sammelt euch vor dem Regierungsviertel!«

»Sammel du dich doch erst mal«, kam es aus der ihn umgebenden Menge zurück. Doch Swoboda war mittlerweile wieder in der Lage, sein Programm abzuspulen.

»Habt ihr denn eigentlich keinen Proletarierstolz? Wollt ihr euch etwa von ein paar Knüppeln und Bajonetten verjagen lassen? Wir sind doch viel mehr als die!«

»Na und? Dafür schießen die, wenn es drauf ankommt.«

»Und wenn schon«, gab Swoboda in dem für ihn so charakteristischen Fanatismus zurück. »Was habt ihr denn schon zu verlieren? Nur euer kleines, dreckiges, verlaustes Sklavendasein! Ihr könnt doch nur gewinnen, wenn ihr dieses Scheißleben für die proletarische Sache opfert.«

»Große proletarische Sache, wie!?«, kam es wieder aus der Menge zurück. »Was hast du denn für die Sache getan? Wer bist du denn überhaupt?«

»Woher kommt det Männecken überhaupt, det uns hier wat erzählen will?«, wollte der Nächste wissen.

»Berliner biste keener«, assistierte ihm ein anderer.

Die Erregtheit der Situation ließ Swoboda nun gnadenlos zu »böhmakeln« anfangen: »Berliner, Berliner. Bitterscheen, was macht's denn fier an Unterschied, ob ich bin a Berliner oder aa Behm? S' geht um die proletarische Sache, um den Sozialismus, um die Befreiung der Arbeiterklasse. S' geht um Freiheit, Gleichheit, Briederlichkeit …«

In seinem Eifer übersah Swoboda ganz, dass sich in der immer größer werdenden Menschentraube, die ihn umgab, auch vier oder fünf dezent gekleidete Herren befanden, die ihm aufmerksam zuhörten … und sich immer näher um ihn herum postierten. Einer der Herren verließ die Gruppe unauffällig, aber rasch – augenscheinlich, um bald wiederzukommen, und das nicht alleine. Swoboda redete sich zwischenzeitlich wie üblich in Rage, jedoch verfehlte die Wirkung im Gegensatz zu sonst gänzlich die Adressaten. Offensichtlich waren hier von Anfang an Fakten geschaffen worden, gegen die sein – im Normalfall durchaus geschicktes – Agitieren machtlos war. Jeder neue Versuch Swobodas, die Menge zu überzeugen, prallte eigentlich schon im Ansatz an der Desillusioniertheit der Menschen ab. Minuten vergingen, immer wieder kam es zu hitzigen Wortgefechten, zu Geschrei, als urplötzlich der ganzen Szenerie schlagartig ein Ende bereitet wurde. Einer der unauffälligen Herren kam nämlich zur Verstärkung mit einer ganzen Hundertschaft Polizei zurück, die die Menschentraube umstellte und einkesselte. Sogleich packten die vier dezent gekleideten Herren, die mittlerweile Swoboda eingekreist hatten, zu, wobei einer von ihnen ausrief: »Peter Swoboda, im Namen Seiner Majestät, des Kaisers, Sie sind verhaftet!« Swoboda fing hysterisch zu kreischen an: »Ihr Hundesöhne, ihr Hundesöhne, ihr …«, da krachte auch schon ein stumpfer Gegenstand auf seinen Hinterkopf, und es wurde auf einmal tiefschwarze Nacht um ihn herum …

*

Als er wieder zu sich kam, fand er sich in einem dunklen Raum mit einem vergitterten Fenster wieder, das nur wenig Licht von draußen einließ. »Wo bin ich?«, fragte er sich leise, fast flüsternd. Zu seiner Überraschung antworte eine unsichtbare Stimme aus der Dunkelheit. »In einer Gefängniszelle der Berliner Stadtkommandantur, Genosse Swoboda …«

»Gefängniszelle … und wer bist du, Genosse?«

»Karol Sobelsohn – oder auch: Karl Radek.«

»Genosse Radek!? Du in Berlin? Ich hatte ja keine …«

»Ich weiß, nur leider hatte der Kaiserliche Abschirmdienst viel mehr Ahnung, als unsere deutschen Genossen sich das vorstellen konnten. Ich war als sowjetischer Botschafter und zugleich als Berater für die neue Regierung vorgesehen. Was für ein kolossaler Reinfall.« Radek lachte spöttisch.

»Aber, aber …«, stammelte Swoboda verwirrt und verstört, »wie konnte das alles passieren?«

»Verrat, mein Lieber, schlicht und ergreifend Verrat; aber beileibe nicht nur Verrat. Die Planungen der Genossen vom Spartakusbund und der USPD haben sich größtenteils als utopisch und dilettantisch herausgestellt. Alles hing doch von vornherein an einem seidenen Faden: Nur wenn in Kiel die Meuterei der Matrosen geglückt wäre, hätte daraus ein Fanal und Dominoeffekt werden können, der vielleicht zur Revolution geführt hätte. Aber auch das glaube ich mittlerweile nicht mehr. Diese Deutschen hängen viel mehr an ihrem Kaiser als die Russen damals am Zaren – sogar die Arbeiter. Der Aufruf zum Generalstreik wurde kaum irgendwo befolgt, und in keiner einzigen Stadt konnte ein Arbeiter- und Soldatenrat gebildet werden. Das Ganze war eine völlige Fehlkalkulation der Genossen; und die wird uns jetzt den Kopf kosten. Das Spiel ist aus …«

Swoboda schluckte nur, unfähig, darauf noch etwas zu entgegnen.

*

Berlin, 5. November 1918 (W. B. Amtlich)
Seine Majestät, der Kaiser, hat die nachfolgende Erklärung zur Veröffentlichung in sämtlichen Erzeugnissen der deutschen Presse erlassen:
An das deutsche Volk!
Am Ende des fünften Kriegsjahres, mitten in der allesentscheidenden Endphase des Völkerringens, haben sich in den letzten Tagen dunkle Schatten über das Reich gelegt. Der Feind, den wir an den meisten Fronten bereits besiegt oder zumindest zurückgeschlagen haben und der uns nur noch im Westen ebenbürtig ist, hat einen perfiden Plan entwickelt, um uns noch den Sieg zu rauben: nämlich uns mit einer unterirdischen Verschwörung im Inneren zu ver-

nichten. Agenten der kriegführenden Mächte haben sich mit vaterlandslosen Gesellen und kriminellen Subjekten gegen das Leben und die Zukunft des deutschen Volkes verschworen. Dieses dämonische Komplott hätte die Zerstörung und Zerstückelung des Deutschen Reiches zur Folge gehabt. Durch Gottes Hand und Dank des vortrefflichen Kaiserlichen Abschirmdienstes konnte der Umsturzversuch schon im Ansatz unschädlich gemacht werden. Überall dort, wo verirrte Seelen sich von den Parolen roter Revolutionäre und anderer Reichsfeinde verführen ließen, wurde mit ihnen kurzer Prozess gemacht. Nirgendwo im Reich hatten die Aufrührer, Meuterer und Verschwörer auch nur die geringste Chance, die gottgewollte Ordnung zu stürzen. Dazu bin ich allen Ordnungskräften zu Dank verpflichtet. Besonders hervorzuheben ist hierbei die noch junge Kaiserliche Schutztruppe (KASTRUP), die bereits ihre zweite Bewährungsprobe in diesem Jahr bestanden und die Feindes des Reiches im Inneren gnadenlos vernichtet hat. Ihr Gründer und Kommandeur, General von Lindenheim, hat Großes geleistet und wird von Uns zum Generaloberst befördert.

Um das Deutsche Reich zum Sieg und nach dem Siege in eine bessere Zukunft zu führen, werden wir aus den Ereignissen der letzten Tage die Lehren ziehen müssen. Unter der strahlenden Oberfläche unseres großen Fortschrittes, Aufbaues und Wohlstandes haben sich in den letzten Jahrzehnten zugleich viele zerstörerische Kräfte und Krankheitserreger in unserem Volke gebildet. Der Parlamentarismus hat eine geistige und charakterliche Markfäule ausgelöst. Die Parteien – nicht nur die Sozialdemokraten, sondern auch Zentrum und Liberale – haben nur Zwie-

tracht und Hader über das deutsche Volk gebracht. Wir Deutschen brauchen weder eine bolschewistische Revolution noch eine demokratische Republik – wir wollen unseren eigenen selbstbestimmten Weg gehen, frei von äußerer Beeinflussung. Frei von der Macht- und Raffgier des angloamerikanischen Börsenkapitalismus, frei vom Ungeist eines alleszersetzenden Liberalismus, frei von dunklen, überstaatlichen Mächten und ihren völkervernichtenden »Menschheits«-Idealen. Wir Deutschen bekennen uns zur Selbstherrschaft der Völker und reichen in Europa allen auf gleicher Augenhöhe die Hand, die guten Willens sind. Außenpolitisch streben wir als Konsequenz dieses selbstzerfleischenden Krieges und der gegen den Kontinent gerichteten Politik Englands und Amerikas ein starkes Europa an, das seine Interessen in der Welt dauerhaft behaupten kann.

Uns ist bewusst, dass dem vereinten Angriff an allen Fronten, der Hetze gegen das Reich in der Welt und der Zersetzungsarbeit der überstaatlichen Mächte mit ihren roten Helfershelfern nur eine kernerneuerte Aristokratie standhalten kann. Genauer gesagt, eine Meritokratie. Diese bedeutet eine Weiterentwicklung unserer Staatsform, die die Verwirklichung der Aristokratie, also der Herrschaft der Besten, anstrebt: Der Adel muss einer dauerhaften Auslese unterworfen werden und darf sich nicht auf Privilegien ausruhen, die nur korrumpieren. Die Auslese muss der tägliche und dauerhafte Einsatz für das Gemeinwohl sein. Daran wird jeder Einzelne in Zukunft gemessen werden, und nur seine Meriten für den Staat werden über seine Stellung im neuen Reich bestimmen.

Ich habe daher an den Herrn Reichskanzler den Auftrag

erteilt, nachstehende Maßnahmen zu ergreifen:
Verbot und Auflösung sämtlicher Parteien.
Verbot von Logen, Geheimbündelei und aller Bestrebungen, die überstaatlichen Mächten dienen.
Strikte Trennung von Staat und Kirche, Abschaffung jeglichen kirchlichen Einflusses auf das Bildungswesen.
Verstaatlichung und Neustrukturierung des gesamten Pressewesens. Aufbau einer Auslandspresseagentur, die den deutschen Standpunkt in der Welt vertritt und der antideutschen Hetze wirkungsvoll entgegentritt.
Ausarbeitung einer neuen Verfassung zur Verwirklichung der Meritokratie im Reich.
Einberufung eines Parlamentes der besten Köpfe unseres Landes, das zugleich eine Vertretung aller Stände darstellen soll. Dieses neue Parlament hat das Vorschlagsrecht für die Regierung.
Gez. Wilhelm III.

Kapitel 3: Ziel erkannt, Kräfte gespannt!

Spa, 11.11.1918

Es war ein typisch novemberlich-ungastlicher Tag in den Ardennen: nasskaltes Wetter, schmutzig-grauer Himmel, zu kalt für den Herbst, aber eben auch noch zu warm für den Winter. Ein einzelner Wagen fuhr, mit für den Stadtverkehr viel zu hoher Geschwindigkeit, durch die Straßen von Spa und steuerte das Hotel Britannique an, in dem seit März das Große Hauptquartier seinen Sitz hatte. »Großes Hauptquartier Seiner Majestät des Kaisers und Königs«, wie es der Vollständigkeit halber und amtlich hieß, die Zentrale der obersten militärischen Führung des deutschen Kaiserreichs. Im Laufe des Krieges wurde es zudem zur Zentrale der politischen Führung, auch wenn sich Reichskanzler und Kriegsminister, aufgrund von Unabkömmlichkeit in Berlin, des Öfteren vertreten ließen. Dies war heute bei dieser ersten großen Lagebesprechung nach dem Umsturzversuch natürlich anders, worauf der Kaiser besonderen Wert legte. Dennoch war er vermutlich der Letzte, der das Britannique betreten würde, da die ruckartige Vollbremsung vor dem Eingangsbereich des Gebäudes mit dem Zehn-Uhr-Glockenschlag zusammenfiel.

Der Kaiser hatte in der letzten Woche eine wahre Hetzjagd hinter sich, bei der er in zahlreichen größeren Städten sprach, um nach der Novemberrevolte nicht nur Ruhe, sondern auch Vertrauen zwischen Führung und Volk wiederherzustellen. »Gesicht zeigen lautet jetzt die Parole!«, hatte er bei der Kabinettssitzung in Berlin verkündet und gleich das Kabinett und viele andere führende Köpfe seines Reiches dazu verdonnert, sich öffentlich zu zeigen. Vor allem dort, wo diese Auftritte alles andere als angenehm sein konnten, wie z.B. in Kiel, wo es die heftigsten Kämpfe überhaupt gegeben hatte. Wilhelm III. war in vielerlei Hinsicht das genaue Gegenteil seines Vaters, in mancherlei Hinsicht wollte er es auch sein. So hatte er sich geschworen, nicht wankelmütig zu sein, sich keinen Schlingerkurs zu gestatten und stattdessen einmal gefasste, wohlüberlegte Entschlüsse konsequent durchzuziehen. Die größte Schwäche seines Vaters erkannte er in dessen mangelndem Realitätssinn und seiner Unfähigkeit, die Dinge so zu sehen, wie sie waren. Dies hatte dazu geführt, dass Wilhelm II. im

Laufe seiner langen Regentschaft immer mehr von Günstlingen, die ihm nach dem Munde redeten, systematisch von der Außenwelt abgeschirmt worden war. Schon lange vor Ausbruch des Krieges hatte der Kronprinz dies nicht nur als Übel, sondern als Hauptgefahr für Monarchie und Reich erkannt. Er gierte deshalb immer nach der ungeschminkten Wahrheit, auch wenn sie wehtat. Schon als Thronfolger ersann er sich Wege, immer als Erster Dinge zu erfahren, um später einmal nicht genauso Geisel seines Hofstaates zu werden, wie sein Vater. So tauchte er nach seiner Thronbesteigung im Juli letzten Jahres auch weiterhin gerne zu unangekündigten »Überraschungsbesuchen« auf, vorzugsweise an den verschiedenen Frontabschnitten, aber auch in Ministerien und Stadtverwaltungen. Die schlichte feldgraue Uniform ermöglichte Wilhelm III., der zumeist auch nur im kleinen Wagen mit Fahrer und seinen beiden Adjutanten unterwegs war, in fast allen Fällen immer jene perfekte Überraschung, mit der er sich ein nüchternes Bild von der Lage machen konnte.

Wilhelm III. hörte sich nicht annähernd so gerne reden wie sein Vater; wichtiger war ihm, was andere zu sagen hatten. Sich ein umfassendes Meinungs- und Stimmungsbild zu machen, war für ihn Grundlage jedes Entschlusses. Keine Rede kann je so überzeugend sein wie eine Tat, dachte er oft bei den zahllosen Reden seines Vaters, der zweifellos ein guter, ja zum Teil großartiger Redner war. Nicht, dass dieses Redetalent bei ihm nicht vorhanden gewesen wäre, der neue Kaiser setzte seine rhetorischen Fähigkeiten gezielt dann ein, wenn er dies für sinnvoll und notwendig hielt. Gerade darin offenbarte sich eben ein ganz grundsätzlicher, charakteristischer Unterschied zwischen

Wilhelm III. und dem II. Ganz generell hielt sich der hochbegabte Kronprinz mit all seinen Talenten an die alte friderizianische Devise: Mehr sein als scheinen! So grundverschieden Kaiser und Kronprinz in ihrem Wesen sein mochten, so wenig hatte dieser unterschwellige Vater-Sohn-Konflikt mit dem Thronwechsel letzten Jahres zu tun. Wilhelm II., offiziell aus gesundheitlichen Gründen zurückgetreten, tatsächlich jedoch in einem Gespräch mit dem Kronprinzen, Hindenburg und Ludendorff dazu gezwungen, erhob im engsten Familienkreise seither immer wieder den bitterbösen Vorwurf des »Verrates« gegen den eigenen Sohn. Zwar war es von der psychologischen Seite her verständlich, dass der alte Kaiser das Ultimatum seines Sohnes und der OHL an ihn als Verschwörung betrachtete, dennoch entsprach dies nicht den Tatsachen. Kronprinz Wilhelm und alle anderen mit klarem Verstand wussten, dass mit Wilhelm II. keinerlei Kompromisse möglich waren – und sie wussten, mit dem Enkel des ersten Wilhelms auf dem Kaiserthrone würde dieser Krieg und damit das Reich verloren sein. Er war für die Repräsentationsaufgaben des Reiches im Frieden, wenn alles von selber lief, geeignet. Ungeeignet war er als echte Führungsfigur im Kriege, wo man permanent vor neuen Herausforderungen stand. Wilhelm II. war kein Visionär, aber genau den brauchte das Reich jetzt, in der entscheidenden Endphase des Krieges, mehr als alles andere, da es galt, Europa von einer neuen, deutschen Friedensordnung zu überzeugen. Um vor allem die Völker Mittel- und Osteuropas auf die deutsche Seite zu ziehen, brauchte es eine überzeugende Integrationsfigur mit diplomatischem Geschick – das war Wilhelm II. aber nicht. Daher musste Prinz Wilhelm von Preußen für das

Deutsche Reich und das Haus Hohenzollern in Verantwortung treten, was die schwere Aufgabe bedeutete, seinen Vater de facto zu stürzen. Trotz der späteren Verdammung durch seinen Vater, war er diesem stets ein loyaler Sohn und wäre ihm gerne ein Freund gewesen, wäre er nur zu ihm durchgedrungen. So war im April 1917 der unvermeidliche Punkt gekommen, als ihn der Hilferuf Hindenburgs und Ludendorffs erreichte, dass nun – um des Vaterlandes willen – gehandelt werden musste. Ohne das entschlossene und unbarmherzige Auftreten und Drängen des Sohnes bei jener entscheidenden Unterredung zu viert, wäre Wilhelm II. wohl freiwillig nicht zum Rücktritt zu bewegen gewesen. Der damit verbundene totale und endgültige Bruch zwischen Vater und Sohn musste von letzterem also sowohl aus Gründen der Staatsräson, als auch aus dynastischer Verantwortung in Kauf genommen werden; persönlich hatte er sich schon lange zuvor damit abgefunden. Dennoch war auch Wilhelm III. nicht ganz frei von persönlichen Eitelkeiten und Emotionen und vollzog den symbolischen Bruch mit dem Vater durch zwei Äußerlichkeiten: Am Tag des Thronwechsel rasierte er sich seinen Oberlippenbart ab und trug bis an sein Lebensende keinen Bart mehr; und – das fiel ihm wesentlich schwerer – er rührte ab diesem Tag keine Zigarette mehr an, gleichwohl er wie sein Vater ein leidenschaftlicher Raucher war.

Der junge Kaiser hatte sich damit selber einen großen Gefallen getan, was er auch jetzt wieder bemerkte, da er energisch und mit jugendlichem Elan über die Treppen nach oben eilte, ohne dass ihm dabei die Puste wegblieb. Sein juveniler Antritt war natürlich nicht nur dem Verzicht auf Tabakwaren geschuldet. Der junge Kaiser, gerade einmal Mitte Dreißig, war ein energiegeladener, sportlicher Mann, der neben seinem Vater, den er um einen halben Kopf überragte, wie ein junger Gott wirkte, und dies beileibe nicht nur wegen des verkrüppelten Armes Wilhelms II. … Dem im Potsdamer Marmorpalais am 6. Mai 1882 geborenen Friedrich Wilhelm Victor August Ernst von Preußen waren alle äußeren Vorzüge in die Wiege gelegt worden: eine geschmeidige, ranke und schlanke Erscheinung, ein sonniges Gemüt und ein freundliches Wesen, das ihm nicht Wohlgesonnene oftmals dazu verleitete, die ihm angeborene Kämpfernatur zu übersehen. Seine feinen, für einen Mann fast schon zu weichen Gesichtszüge bargen große, gütige, stahlblaue Augen, die verführerisch, zuweilen aber auch fast schon hypnotisch wirken konnten. Seine ebenmäßige, zugleich ausgeprägte Nasenpartie verlieh seinem, zumeist recht streng nach hinten gekämmten, dunkelblonden Charakterkopf, etwas Unverwechselbares – kurz: ein Frauenschwarm, auch wenn er nicht Kaiser geworden wäre.

Doch er wurde Kaiser, und als Wilhelm III. erwies er sich schnell nicht nur von seinem Vater grundlegend verschieden, sondern der Schwere der Aufgabe durchaus gewachsen. Hindenburg und Ludendorff, die Lenker des Heeres – und seit 1916 immer mehr Lenker des Reiches – hatten sich in ihm nicht getäuscht … Er hatte die Bruchstellen und das Morsche im Inneren des wilhelminischen Deutschlands wie kaum ein anderer im ganzen Ausmaß erkannt. Wegzaubern konnte auch er sie nicht, zumindest nicht sofort. Aber wirksame Gegenstrategien entwickeln, das konnte er. Die Aufstellung der KASTRUP war seine Idee, auch die Betrauung des dafür sicherlich bestens geeigneten Generals von Lindenheim. Dass die Heimatfront in diesen Tagen keine Sekunde ins Wanken geriet, die Verschwörer chancenlos blieben, daran hatte er nicht nur einen maßgeblichen Anteil, sondern den Hauptanteil. Spätestens jetzt, wo er echte Führungsqualitäten bewiesen hatte, waren auch seine Kritiker verstummt, sieht man einmal von seinem eigenen Vater ab.

Nachdem mit der Novemberrevolte kurzer und blutiger Prozess gemacht worden war, was der Kaiser bedauerte, jedoch als unvermeidlich ansah, sollte nun ohne weitere Verzögerung wieder das Kriegsgeschehen die volle Konzentration aller Kräfte zurückerhalten. Hierzu hatte der Kaiser in Spa für den heutigen Tag eine große Lagebesprechung angesetzt, zu der nicht nur die bevollmächtigen Vertreter, sondern die Oberhäupter und Oberbefehlshaber der Verbündeten erschienen waren.

Als sich die Flügeltüren öffneten, stand bereits alles und salutierte. Nun nahm der Kaiser, der beim Weg über die Treppen seinem Adjutanten den Mantel weitergereicht hatte, selber Haltung an und erwiderte mit gewohnt preußischer Exaktheit: »Meine Herren, bitte nehmen Sie Platz, wir haben wenig Zeit, aber viel zu besprechen!« Die Herrscher der Mittelmächte begrüßte er noch schnell persönlich, allen voran aber den militärischen Oberbefehlshaber Österreich-Ungarns, Conrad von Hötzendorf, den er herzlich umarmte. Feldmarschall Conrad war nach Bekanntwerden der »Sixtus-Affäre« im Frühjahr auf deutschen Druck hin zum Armeeoberkommandanten von Kaiser Karl ernannt worden, der zugleich auf die weitere Ausübung der Regierungsgeschäfte verzichtete. Zwar dankte der Habsburger vorläufig noch nicht ab, war aber seitdem nur noch Monarch auf Abruf und Feldmarschall Conrad de facto Reichsverweser. Karl I. war für Wilhelm III., aber auch für weite Teile der österreichischen Öffentlichkeit untragbar geworden, nachdem dessen geheime Friedensverhandlungen mit den Alliierten bekannt geworden waren. Da es nicht nur der Wunsch der Alldeutschen im Reich und in Österreich gewesen war, den Traum von 1848 zu verwirklichen und alle Deutschen in einem Reich zu vereinen, war man übereingekommen, den von Karl I. abgelösten k.u.k-Oberkommandierenden Conrad wieder einzusetzen. Sofort nach Kriegsende sollte die Donaumonarchie umgestaltet und der deutsche Teil Bestandteil des Deutschen Reiches werden. Es wäre die Verwirklichung der Großdeutschen Lösung, wie sie in der Frankfurter Paulskirchc crdacht worden war – und in Erfüllung des Wunsches dieser ersten deutschen Revolution sollte ebendort die Krönung Wilhelms III. mit den alten Reichsinsignien zum Kaiser aller Deutschen erfolgen.

Doch zunächst galt es erst einmal, diesen Krieg zu gewinnen – und dafür war man hier zusammengekommen.

Nachdem alles Platz genommen hatte, eröffnete Wilhelm III. ohne Umschweife die große Lagebesprechung: »Für die geplante Frühjahrsoffensive 1919 muss allen – und mit allen meine ich nicht nur die Soldaten, sondern allen Deutschen und auch allen Angehörigen der Völker der Verbündeten – eines völlig klar sein: Es geht jetzt ums Ganze, es geht jetzt um Sieg oder Niederlage, um Sein oder Nichtsein für die Monarchien. Hierfür wird insbesondere auch das von mir angeregte und seit einem Jahr hervorragend arbeitende Reichsministerium für Propaganda Sorge zu tragen haben, damit vor allem an der Heimatfront die letzten Reserven mobilisiert werden. Es ist daher alles und jeder Einzelne rücksichtslos in den Dienst des Krieges und des Sieges zu stellen. Das gilt insbesondere auch für die Mobilmachung der Heimatfront und die Requirierungen in den besetzten und kontrollierten Gebieten. Und auch die bereits konkret gewordenen Vorstellungen einer neuen europäischen Friedensordnung, eines größeren Reichsverbandes, sind politische Überlegungen, die aber ganz stark in den militärischen Bereich hineinspielen. Denn hier wird es darauf ankommen, ob wir in der Lage sein werden, vor allem unter den osteuropäischen Völkern genügend Verbündete und damit genügend Truppen zusammenzubekommen, die weniger für den Fronteinsatz an der Westfront in Frage kommen, als vielmehr für den Sicherungseinsatz in den Weiten Russlands. Nur durch diesen Sicherungseinsatz ist es möglich, dass die Armeen aus dem Osten und Südosten vollständig herausgezogen werden können. Dann werfen wir sie an die Westfront, wo wir derzeit von der Mannstärke her noch deutlich unterlegen sind. Diese Operationen sind von der Logistik her eine Herausforderung, auch ist das koordinierte Zusammenwirken zwischen den Verbündeten und den neu hinzukommenden Hilfstruppen schwierig. Es muss jedoch unter allen Umständen gelingen, dass bis Frühjahr diese Umschichtungen abgeschlossen sind, und die gesamte Kaiserliche Armee sowie ein Teil unserer Verbündeten voll einsatzfähig für die Frühjahrsoffensive sind, die wir grundsätzlich für Februar angesetzt haben; das genaue Datum wird wetterabhängig sein, damit wir in der Lage sind, auch in der notwendigen Mannschaftsstärke in diese letzte Entscheidungsschlacht zu gehen.« Der Kaiser nahm nun Platz und wandte sich zugleich an den eigentlichen Kopf der OHL: »Ich möchte nun General Ludendorff bitten, gleich mit seinem Vortrag zu beginnen.«

Erich Ludendorff erhob sich von seinem Platze und rückte sich noch kurz ein paar vor ihm ausgebreitete Notizen zurecht. »Eure Majestät, verehrte Waffenbrüder der Mittelmächte, Kameraden!« Der Erste Generalquartiermeister des Deutschen Heeres räusperte sich etwas, um in die richtige Stimmlage zu finden. »Die Kriegslage kann im ausgehenden Jahr 1918 als insgesamt stabil bezeichnet werden. Die vor einer Woche im Keim erstickte Revolte hat an der Heimatfront wieder Ruhe einkehren lassen. Entscheidend für die Rüstungsproduktion und damit für den Kricgsfortgang war hicrbci, dass fast kcinc Strcikaufrufc befolgt wurden. In Einzelfällen wurde demonstrativ mit äußerster Härte reagiert, wodurch das Rüstungsplansoll dieses Jahr voll erfüllt wurde und sogar im Hinblick auf das kommende Frühjahr und die dann geplante Großoffensive noch Zusatzkapazitäten mobilisiert werden können. Außer an der Westfront, an der wir in diesem Jahr eine gescheiterte Offensive und weitere Rückschläge zu verkraften hatten, entwickelte sich die Lage an allen anderen Fronten eindeutig zu unseren Gunsten. Bevor die einzelnen Abschnitte von den einzelnen Oberbefehlshabern erläutert werden, gilt vor allem Feldmarschall Conrad unser ganz besonderer Dank und unsere Anerkennung für seinen grandiosen Sieg an der Südfront! Nicht nur ist es unseren österreichischen Waffenbrüdern gelungen, in der dritten Piaveschlacht die italienische Offensive zurückzuschlagen, sondern zum Angriff überzugehen und dabei die neue Frontlinie Valdagno-Vicenza-Padua-Chioggia zu erreichen. Bei verkraftbaren eigenen Verlusten konnten zwei italienische Armeekorps fast vollständig aufgerieben werden; die Italiener sind schwer angeschlagen. Damit werden die Alliierten abermals gezwungen sein, ihrem wankenden Bündnispartner Italien zur Seite zu springen und Truppenkontingente von der West- an die Südfront zu verlegen. Dieser neue Frontverlauf bindet gegnerische Kräfte bei gleichzeitigem geringen Einsatz eigener Kräfte, indem wir Defensivpositionen einnehmen und uns eingraben werden. Zudem nehmen wir in den nächsten Wochen umfangreiche Umschichtungen bei den Truppenteilen vor, sodass die Südfront überwiegend von Kontingenten der Verbündeten gehalten werden kann. Dadurch wird die vollständige Verlegung sämtlicher reichsdeutscher sowie wichtiger österreichischer Einheiten an die Westfront ermöglicht. Das gleicht einigermaßen den schier unerschöpflichen Truppenzuwachs auf Seiten der Alliierten durch die Amerikaner aus.

Zugleich trägt die Eroberung Venetiens zur Verbesserung der Ernährungslage und zur Nutzung zusätzlicher industrieller Kapazitäten bei. Die Verbesserung der Versorgungslage sollte uns nun endlich wieder gut über den Winter kommen lassen, da die Hauptursache für die Unruhen der Hunger war. Dazu trägt nicht nur das fruchtbare und landwirtschaftlich intensiv genutzte Venetien bei, sondern vor allem auch die Ukraine sowie der Balkan. Im Osten gibt es im Wesentlichen keine regulären Kriegshandlungen mehr. Hier stehen Sicherungsaufgaben im Vordergrund, Aufgaben, die nicht mehr kriegsentscheidend, wohl aber entscheidend für die europäische Nachkriegsordnung sein werden. Ein momentan nicht kalkulierbarer Faktor ist der blutige Bürgerkrieg in Russland, in den wir momentan auf keinen Fall hineingezogen werden dürfen. Im Klartext: Die Bürgerkriegsparteien werden das unter sich ausmachen müssen, ein Eingreifen unsererseits ist derzeit ausgeschlossen. Im Rahmen der Sicherungsaufgaben im Osten, die ebenfalls größtenteils von den Verbündeten, neu geschaffenen Landwehren oder lokalen Milizen geleistet werden, ist jedoch darauf Wert zu legen, dass nicht nur ein effektiver Grenzschutz gewährleistet wird, sondern auch ein Verhindern des Übergreifens bolschewistischer Umtriebe auf die von uns kontrollierten Gebiete. An der Balkanfront hat sich die Lage ebenfalls denkbar günstig entwickelt, womit ein weiterer Kriegsschauplatz weggefallen ist«, Ludendorff warf dem Kaiser einen flüchtigen Blick zu, »was vor allem und zuvorderst dem diplomatischen Geschick Seiner Majestät zu danken ist, der den Separatfrieden mit Griechenland ermöglichte.« Der Kaiser nickte gefällig und musste kurz an die streng geheimen Verhandlungen über diplomatische Kanäle denken, die sich von Jahresbeginn bis Sommer hingezogen hatten. Es hatte ihn einige Überwindung gekostet, den Griechen soweit entgegenzukommen und ihnen de facto einen Blankoscheck für einen künftigen Krieg gegen die Osmanen auszustellen, was nichts anderes als Verrat an einem momentanen Verbündeten bedeutete. Aber es war wichtiger, den Alliierten ihre Balkanfront wegzunehmen, und darüber hinaus wäre es wohl für die Mittelmächte aufgrund ihrer schwachen Seestreitkräfte unmöglich gewesen, hunderte von Inseln zu erobern, die allesamt von den Engländern als Basen hätten verwendet werden können. So verpflichteten sich die Griechen zu strikter Neutralität und hatten schlagartig ein Interesse an einem deutschen Sieg gewonnen, nachdem ihnen für diesen

Fall schon einmal das von den Engländern beherrschte Zypern versprochen wurde.

»Im übrigen – was haben die Türken überhaupt in Europa verloren?«, hatte der griechische Chefunterhändler kühl auf die Vorbehalte des Kaisers auf einen möglichen Bündnisbruch entgegnet. Es war wahrlich ein unheimlicher Drahtseilakt für Wilhelm III., dessen öffentliches Bekanntwerden einen enormen Gesichtsverlust bedeutet hätte, galt es doch neben der Neutralisierung Griechenlands die Osmanen weiterhin bei der Stange zu halten.

»An der Orientfront«, war Ludendorff mittlerweile fortgefahren, »entwickelte sich im Laufe dieses Jahres ein ziemliches Patt, da die Osmanen zwar zu keinen Angriffsoperationen mehr fähig sind, die Engländer sich aber mittlerweile in der Weite der arabischen Halbinsel verausgabt haben und den derzeitigen Frontverlauf in Syrien und Mesopotamien kaum nennenswert verschieben können, allenfalls noch bis an die Grenze des anatolischen Kernlandes.« Wieder blickte Ludendorff zum Kaiser auf: »Nachdem der osmanische Vertreter heute fehlt, erlauben Sie mir, so undiplomatisch deutliche Worte zu finden … geht es hier ohnehin nur noch darum, die Türken im Krieg zu halten, solange der noch andauert. Bis auf die deutschen Kommandeure und Instrukteure sind praktisch sämtliche Truppenteile abgezogen worden. Es wird ausreichen, um hinhaltenden Widerstand gegen die Engländer zu leisten, und die Osmanen können diesen Krieg aus Gründen der Selbsterhaltung nicht vorzeitig beenden, denn das wäre das Ende ihres Reiches.« Ludendorff machte eine kurze Pause und räusperte sich. »Soweit zum Gesamtlageüberblick über alle Fronten und die wichtigen Punkte Truppenstärke, Versorgungslage und Mobilisierungspotenzial. Kommen wir nun zu wesentlichen Punkten der Rüstungsproduktion. Auch hier sind uns die Alliierten noch überlegen, insbesondere was den Rüstungsausstoß anbelangt. Sie haben ein deutliches materielles Übergewicht, auch wenn wir in vielen Bereichen besser sein mögen. Der Schwerpunkt der Rüstungsanstrengungen in den letzten Monaten lag bei den Kampffahrzeugen. Hier ist es uns gelungen und wird es uns bis zur Frühjahrsoffensive weiterhin gelingen, durch eine enorme Kraftanstrengung auf ein Verhältnis von 1:2 aufzurücken. Die von uns völlig neu aufgestellte Tankwaffe muss die entscheidenden Durchbrüche an der Front erzielen. Verstärkt wird sie noch durch einen neugebildeten Schwerpunkt der Fliegerei, nämlich der Schlachtflieger mit ihren erdkampftauglichen Flugzeugen. Auch hier werden wir neues Material in großer Zahl in die Schlacht werfen können, wobei wir insgesamt einen Bewegungskrieg zustande bringen müssen, und hierfür müssen die motorisiertgepanzerten Verbände in der Lage sein, die entscheidende Dynamik für eine Vorwärtsbewegung zu erzeugen. Mit viel Glück, ich betone: mit sehr, sehr viel Glück, haben wir vielleicht noch einen gewaltigen Vorteil auf unserer Seite, nämlich den Überraschungseffekt. Unsere Tanks werden absichtlich nicht vor der Frühjahrsoffensive eingesetzt werden. Ich hoffe, die Rechnung geht auf, und wir werden in der Lage sein, die Alliierten in der ersten Schrecksekunde zu überrollen.« Ludendorff nahm wieder Platz.

Wilhelm III. fragte: »General Ludendorff, können Sie uns Produktionsziffern bezüglich der Tanks nennen?«

»Unser Plan war es, wie gesagt, in Stückzahlen zu den Alliierten 1:2 aufzurücken, die nach unseren Schätzungen über ca. 5–6000 Panzer verfügen. Dieses Ziel ist bis Frühjahr erreichbar, bis dahin stehen hoffentlich auch genügend ausgebildete Bedienungsmannschaften zur Verfügung. Den Schwerpunkt bilden die A7V, die in einer Stückzahl von insgesamt 2 000 gefertigt werden sollen, wovon bereits die Hälfte an die Truppe ausgeliefert wurde. Die K-Wagen, unsere stärkste Waffe überhaupt, soll in einer Stückzahl von 300–400 produziert werden. Wegen grundlegenden Nachbesserungen bei der Konstruktion, unter anderem stellte sich die Motorisierung als zu schwach heraus, hat sich die Fertigstellung der ersten Exemplare über Monate verzögert. Wir rechnen aber in wenigen Tagen mit der Übergabe der ersten K-Wagen an das Heer. Um Zeit zu sparen, wurde auf der schwäbischen Alb, in unmittelbarer Nähe der Fabrik, ein neues, von der Größe her geeignetes Versuchs- und Übungsgelände geschaffen. Zusätzlich kommen nun zu diesen beiden Typen aus reichsdeutscher Produktion noch aus österreichischer Produktion ca. 500 von Austro-Daimler gefertigte Panzerspähwagen, die eine ideale Ergänzung als Kommandantenfahrzeuge darstellen. Ich bin zuversichtlich, dass die Sollzahlen der Rüstungsproduktion in allen Bereichen eingehalten werden können. Das ist durch die verbesserte Versorgungslage, aber auch das Organisieren neuer Arbeitskräfte für die Rüstungsproduktion infolge des erfolgreichen Abschlusses an den Kriegsschauplätzen an der Südost- und Ostfront, nun ein Leichtes geworden. Dadurch verfügen wir jetzt über wesentlich mehr Möglichkeiten für die Rüstungsproduktion als bei Kriegsausbruch. Die Rüstungsproduktion hat im 3. Quartal 1918 ihren bisher größten Ausstoß überhaupt in diesem Kriege erreicht. Damit stehen für die Frühjahrsoffensive die starken neuen gepanzert-motorisierten Kräfte zur Verfügung.« Es folgten weitere detaillierte Berichte der Oberbefehlshaber von allen Fronten, den einzelnen Waffengattungen, der Verbündeten, der Ministerien, etc. Nachfragen und Diskussionen ließen den Tag erst weit nach Mitternacht enden. Genauer gesagt, wurde er vom Kaiser mit sichtlicher Genugtuung über die Gesamtlage und die Aussichten für ein mögliches siegreiches Ende des Krieges im nächsten Jahr mit dem simplen und doch großen Worte Scharnhorsts: »Ziel erkannt, Kräfte gespannt!« beendet.

Altmark, 10.12.1918

Krk, krk, krk … ttt, ttt, ttt … Auf dem Truppenübungsplatz in der brandenburgischen Altmark herrschte ein unsagbarer Lärm, als die stählernen Ungetüme im Begriffe waren, sich zu formieren. Dutzende Stahlkolosse produzierten einen Höllenlärm durch ihre Maschinen, aber insbesondere auch durch das Quietschen, Ächzen und Krächzen ihrer Ketten, sobald sie sich in Bewegung setzten. Das Gequietsche der Ketten, das Gebrüll der Motoren ließ eine ohrenbetäubende mechanisierte Symphonie des Lärms entstehen, die an der Front wohl bald zu einer furchteinflößenden Begleitmusik des Todes werden würde.

Auf einem leicht erhöhten Punkt, den als Hügel zu bezeichnen wohl leicht übertrieben gewesen wäre, der aber dennoch eine Rundum-Übersicht über das Gelände gewährte, stand ein kleines improvisiertes Kartentischchen, vor dem ein junger Offizier grübelte und angestrengt immer wieder Skizzen und Notizen auf die vor ihm liegenden Papiere kritzelte. Dabei pendelte sein Blick stets zwischen seinen Aufzeichnungen und den mehreren Dutzend wie überdimensionale Blechdosen wirkenden A7V hin und her.

Unbemerkt näherte sich ein Uniformierter mittleren Alters mit einem für das Kaiserliche Offizierskorps typischen gezwirbelten Oberlippenbart und trat zu dem am Kartentischchen in seine Arbeit versunkenen Major hinzu. »Na, Guderian, wie steht es um die Hoffnung des deutschen Heeres?«

»Nicht schlecht, Herr General! Schön langsam wird das was mit den ersten größeren fronttauglichen Verbänden. Sie kommen wie gerufen … um 11:00 Uhr«, Major Guderian warf einen Blick auf seine Armbanduhr, »also in knapp fünf Minuten, geht's los. Spiele hier gerade einige Angriffsvarianten eines größeren Verbandes durch.« Guderian deutete auf die Skizzen, die offensichtlich diese Angriffsvarianten darstellen sollten. Der erste Generalquartiermeister des deutschen Heeres, Generaloberst Erich Ludendorff, warf einen interessierten Blick darauf, derweil Guderian fortfuhr: »Langsam beherrschen die Jungs nicht nur ihr Gerät, auch die Schießergebnisse sind bereits recht passabel. Das Schwierigste ist natürlich, das Bewusstsein der einzelnen Besatzung für den größeren Verband zu entwickeln, damit hier nicht nur einzelne stählerne Kolosse, sondern eine stählerne Faust zuschlagen kann. Denn wir werden letztendlich nur dann gegen die Alliierten Erfolg haben, wenn wir unsere zahlenmäßige Unterlegenheit durch taktische Überlegenheit ausgleichen können. Bei allem, was wir bis jetzt gesehen haben, haben die Alliierten selber wohl noch nicht ganz begriffen, welche Möglichkeiten eigentlich in dieser Waffe stecken. Ich hoffe aber, dass wir bis zum Frühjahr so weit sein werden, um die volle

Entfaltung der taktischen und strategischen Möglichkeiten unserer Tanks zu erreichen.« Guderian deutete abermals auf seine Skizzen: »Wichtig ist mir das Zusammenspiel der kleinen und der größeren Einheiten. Hier werden gerade die Keilbildung und das Auffächern geübt – zuerst eines Zuges, dann einer ganzen Eskadron. Sodann werden einzelne taktische Manöver, insbesondere der Umgehungsangriff und die Umfassung, geübt.«

Ludendorff hörte zustimmend nickend zu: »Ich komme soeben aus dem Hauptquartier, Guderian. Sie können sich ja denken, was der Grund meines Besuches ist.«

Guderian schmunzelte: »Wahrscheinlich wollen Sie mir den Angriffstermin mitteilen.«

»Nun, der Termin als solches steht noch nicht. Wir wollen aber bis Februar soweit sein, um mit der großen und alles entscheidenden Offensive beginnen zu können. Nach unserer Planung sollten bis dahin alle verfügbaren Kräfte mobilisiert sein, und bis dahin müssen die motorisiert-gepanzerten Verbände ebenfalls einsatzbereit sein. Sie wissen, welch entscheidende Rolle die neue Waffe bei der Frühjahrsoffensive spielen soll, Guderian. Dank der rücksichtslosen Niederschlagung der Novemberrevolte konnte die Produktion der Tanks weiterhin plangemäß laufen, und wir werden das Ziel, 3 000 Tanks bis Mitte Januar, erreichen können.«

»Nun, ich hoffe nur, Herr General, dass ich Ihnen bis dahin auch die notwendigen Kampfwagen-Kommandanten stellen kann«, erwiderte der knorrige Major aus Ostpreußen. »Denn von deren taktischen Fähigkeiten, ihrer Intelligenz im Gefecht und vor allem auch Improvisationsvermögen wird es abhängen, ob wir gegen die Alliierten bei einer zahlenmäßigen Unterlegenheit von 1:2 eine Chance haben werden; auch wenn wir mit dem K-Wagen einen deutlich stärkeren Tank zur Verfügung haben.«

»Weshalb ich auch Sie mit dieser Aufgabe betraut habe, Sie sind der Einzige, der dazu befähigt ist«, fügte der ebenfalls aus Ostdeutschland stammende Ludendorff hinzu.

»Ich sehe im Wesentlichen noch zwei Probleme, Herr General«, fuhr Guderian ungerührt von den enormen Vorschusslorbeeren fort. »Die Tankwaffe braucht infanteristische Kräfte, die darauf gedrillt sind, mit den motorisiert-gepanzerten Einheiten in deren Tempo mitzulaufen und dann aber auch eine entsprechende Flankensicherung, insbesondere für die Besatzungen abgeschossener oder liegengebliebener Fahrzeuge, gewährleisten können. Auch wenn die Tanks nicht sonderlich schnell sind, so sind sie in der Vorwärtsbewegung für die Infanterie zu schnell.«

Ludendorff runzelte die Stirn: »Das heißt?«

»Das heißt, wir bräuchten spezielle Tanksoldaten, die entweder mit Lastkraftwagen oder beritten in der Lage sind, jederzeit mit den Tanks Schritt zu halten. Vor allem dann, wenn einmal ein Vorstoß tief ins feindliche Hinterland geführt wird. Ich schlage daher vor, den vorgesehenen sechs großen Tankverbänden jeweils ein Regiment dieser Tanksoldaten beizustellen.«

»Sind Sie verrückt?«, platzte es aus Ludendorff heraus. »Wo soll ich die hernehmen?«

»Dann müssen es zumindest sechs Bataillone sein – nach Möglichkeit Sturmbataillone.«

»Ausgeschlossen!«, empörte sich der Erste Generalquartiermeister des deutschen Heeres. Guderian, der dem Ruf der Dickköpfigkeit, der den Ostpreußen im Allgemeinen anhaftete, alle Ehre machte, ließ nicht locker: »Herr General … die entscheidenden Durchbrüche werden von den motorisiert-gepanzerten Fahrzeugen abhängen. Gelingen sie, genügt reguläre Infanterie zum Nachrücken. Die Sturmbataillone müssen dort sein, wo vorne ist – bei den Tanks!«

»Ich kann Ihnen höchstens drei zur Verfügung stellen, Guderian.«

»Das ist ein Anfang. Und für die restlichen drei Bataillone … hätte ich noch eine andere Idee. Was ist eigentlich mit der Kastrup? Was ich von denen gehört habe, sollen die wirklich was drauf haben und hochmotiviert sein. Für Einsätze im Inneren wird man sie ja hoffentlich nicht mehr so schnell brauchen …«

Ludendorff seufzte: »Sie und Ihre Ideen … Ich fange an, es zu bereuen, Sie mit der Bildung unserer Tankwaffe betraut zu haben. Aber gut, die Kastrup wäre eine Möglichkeit, ich werde mit von Lindenheim reden.«

»War das eine Zusage, Herr General?«, fragte der Major schelmisch nach. Die beiden Männer sahen sich kurz tief in die Augen.

»Ja!«, kam es dann aus Erich Ludendorffs Mund, nachdem sich seine Gesichtszüge wieder entspannt hatten.

»Gut«, sagte Guderian und fuhr fort: »Die Tanksoldaten sind nämlich auch die Voraussetzung zur Lösung des zweiten Problems.«

Was denn noch?, dachte Ludendorff diesmal für sich.

»Wir können davon ausgehen, dass wir viele, wenn nicht sogar die Mehrzahl unserer Tanks nicht durch Feindbeschuss verlieren, sondern durch technische Gebrechen. Die meisten dieser Fahrzeuge können wieder flottgemacht werden. Vorausgesetzt natürlich, sie fallen nicht dem Feind in die Hände; dies zu verhindern ist Aufgabe der Tanksoldaten. Die liegengebliebenen Tanks wieder flottzumachen, oder aber an Ort und Stelle zu entscheiden, ob sie in den rückwärtigen Frontbereich abzutransportieren sind, ist Aufgabe eigener technischer Trupps.«

»Und wo sollen die jetzt schon wieder herkommen?«, ächzte Ludendorff neuerlich.

»Die sind schon da – in den Werkstätten. Die müssen wir nur noch mobil machen. Wir brauchen spezielle Werkstattautos, damit die sofort mit allem, was sie brauchen, nach vorne und ohne Zeitverlust an Ort und Stelle arbeiten können. Wir brauchen auch noch spezielle Kraftstoffversorgungsfahrzeuge, um den Radius der Tanks vergrößern zu können.«

»Tank, Tank – ich höre immer nur Tank. Wieso gibt es dafür eigentlich keinen deutschen Ausdruck?«, grantelte der Erste Generalquartiermeister.

»Hm. Weil ihn die Engländer erfunden haben.«

»Und Sie haben hier eine Waffe erfunden oder zumindest weiterentwickelt, die mit der der Engländer nicht mehr vergleichbar ist. Nein, Guderian. Diese neue deutsche Waffe, die Sie gerade schaffen, braucht einen neuen, einen deutschen Namen: Einen Namen, unter dessen Klang schon die Erde zittert und der dazu geeignet ist, unsere Feinde das Fürchten zu lehren. Einen Begriff, der in der Welt einen unverwechselbaren Klang hat.«

»Hm. Darüber muss ich in Ruhe nachdenken … So, jetzt geht es los.« Die Tanks, die sich in einer langen Zweierreihe formiert hatten, setzten sich in Bewegung. »Die Übungsannahme lautet: Massierter Durchbruch durch die

Frontlinie des Gegners. Ziel ist der Vorstoß und das Ausschalten einer rückwärtigen Artilleriestellung. Der Feind startet einen unerwarteten Gegenangriff mit Tanks. Diese gilt es einzukreisen und zu vernichten.« Der Sonderbeauftragte für die deutschen motorisiert-gepanzerten Verbände deutete nochmals auf eine entsprechende Skizze. Ludendorff starrte gebannt auf die Kolonne der A7V, die sich vollständig in Bewegung gesetzt hatte und nun in gemächlichem Tempo, bei kaum mehr als Schrittgeschwindigkeit, nach vorne strebte. Der harte, gefrorene Boden, für die 30-Tonnen-Kolosse ein idealer Untergrund, hätte zwar eine höhere Geschwindigkeit erlaubt, die Vorgabe lautete jedoch 5 km/h – also Schrittgeschwindigkeit. Nur in simulierten Gefechtssituationen mit den feindlichen Tanks durften die Fahrer kurzzeitig Vollgas geben und würden dann vielleicht doppelt so schnell fahren. Die Höchstgeschwindigkeit von 16 km/h war ohnedies nur auf der Straße zu erreichen. Das Hauptproblem des A7V, die Gefahr der Überhitzung der beiden empfindlichen Daimler 4-Zylinder-Reihenmotoren, bekamen die Fahrer und Kommandanten immer erst nach Erlangung einer gewissen Routine in den Griff. Bedingt durch die niedrigen Temperaturen war diese Gefahr heute aber wesentlich geringer als sonst. Schon hatte die Spitze der Kolonne die feindlichen Linien erreicht und die ersten Gräben überwunden, da passierte es: Beim Überfahren einer Drahtsperre verhedderte sich der Draht in den Ketten und einer der A7V blieb liegen. »Sehen Sie, Herr General – das ist einer der Gründe, warum wir spezielle infanteristische Unterstützung brauchen: Im Fall des Falles helfen da ein paar Sturmpioniere, indem sie Drahthindernisse wegräumen, um sinnlose Ausfälle zu vermeiden.« Es gab weitere Ausfälle, als nachrückende Fahrzeuge, sei es aus Unachtsamkeit oder mangelnder Routine der Fahrer, in den seitlichen Graben abrutschten und hängenblieben. Das Gros des Verbandes, der insgesamt aus knapp 100 A7V bestand (also nicht ganz einer Eskadron), überwand aber problemlos die feindlichen Linien. Hinter den feindlichen Linien fächerte die Kolonne auf, und so ergab sich für den Generalquartiermeister ein imposantes Bild, als die Rotten sich in exakter militärischer Ordnung stets zugleich durch Abdrehen nach rechts und nach links voneinander lösten und sich so zwei große Flügel bildeten. Ludendorff war sichtlich beeindruckt, was Guderian nicht ohne Genugtuung registrierte. Die beiden Flügel vereinigten sich zu einer großen Reihe, was sich hinter ihnen noch zweimal wiederholte, sodass die Kampfwagen in drei breit aufgefächerten Reihen vorwärts rollten. Ihr Ziel, die Übungsannahme »rückwärtige Artilleriestellung«, lag etwa fünf Kilometer hinter der Frontlinie und wurde durch ein kleines Wäldchen, das leicht erhöht auf einer Anhöhe war, dargestellt.

»Ein bisschen sehen diese behäbigen Ungetüme ja von Weitem aus wie Schnecken, mit einem Gehäuse von über drei Metern Höhe«, bemerkte Ludendorff.

»Oder wie Schildkröten … ja, wie Schildkröten, die sind schließlich auch durch einen Panzer geschützt.«

»Panzer!?« Ludendorff stutzte. »Heureka, das ist es! Unsere Tanks heißen ab sofort PANZER!«

»Wenn sich nur alle Probleme so leicht lösen ließen«, grinste nun Guderian breit. »Was ist das?«, rief Ludendorff. Aus dem Wäldchen brachen plötzlich andere Tanks hervor. Ludendorff blieb der Mund offen, als er das Ganze mit dem Feldstecher betrachtete. »Ja, zum Donnerwetter, die sehen ja aus wie englische Tanks – wo habt ihr denn die her?«

Guderian schmunzelte: »Hübsch, unsere Attrappen, was? Tja, während des letzten Monats haben wir hier einiges zusammengebastelt, um die Gefechtsübungen realistischer zu gestalten. Einfache Sperrholzkonstruktionen, die den Feindpanzern rein äußerlich 1:1 nachgebildet sind. Die werden in die Kampfzone geschoben und dort an Seilwinden angehängt. Dadurch ermöglichen wir unseren Tanks – oder wie sie ab jetzt heißen: Panzern – nicht nur, dass sie auf realistische Abbilder ihrer echten Gegner statt auf langweilige Pappkameraden schießen können, sondern sie haben es durch die Bewegung der Attrappen wesentlich leichter, taktisches Verhalten zu erlernen.«

Ludendorff starrte immer noch wie gebannt durch den Feldstecher auf die ganze Szenerie, als die Kampffahrzeuge erste Schüsse auf die sich bewegenden Attrappen abgaben.

»Sie sehen, Herr General, wir tun hier alles, um das Beste aus unseren Blechdosen rauszuholen. Was bleibt uns auch anderes übrig? Leider ist uns der Gegner nicht nur quantitativ, sondern in Teilbereichen auch qualitativ überlegen. Den britischen Tanks der Mark-Serie ist unser A7V insbesondere hinsichtlich der Geländegängigkeit und Betriebssicherheit unterlegen. Auch die französischen Renault-Kampffahrzeuge mit dem Drehturm taugen was; das Konzept wird sich längerfristig durchsetzen.«

»Dafür haben wir den K-Wagen, der wird den Ausschlag für uns geben«, sagte Ludendorff, als er einmal kurz den Feldstecher absetzte.

»Wie sieht es denn mit unserer ›Wunderwaffe‹ aus?«

»Es sieht soweit gut aus, die ersten Exemplare sollten in den nächsten Tagen fertig sein.«

»Wird auch höchste Eisenbahn! Denn auch hier brauchen die Besatzungen Zeit, um ihr Gerät beherrschen zu können und vor allem wiederum im Verband agieren zu können. Wir haben aber bereits Vorbereitungen getroffen, sodass ab dem Zeitpunkt der Auslieferung der ersten K-Wagen keine Minute vergeudet wird. Bereits erprobte und bewährte Fahrer der A7V werden dann sofort bei den K-Wagen eingesetzt, da die sich mit dem neuen Gerät natürlich wesentlich leichter tun werden, als normale Automobil-Chauffeure. Daneben haben wir bereits für die Kanoniere entsprechende Vorbereitungen getroffen, um die Schießübungen effizienter zu gestalten. Hier sehe ich im Wesentlichen auch keine Probleme.«

»Tja, grundsätzlich haben wir auch nur ein Problem – und das auf allen Ebenen, mein lieber Guderian –, nämlich die mangelnde Zeit. Aber wir müssen das Beste draus machen, der große Schlachtplan steht: Bis zum Frühjahr muss die Panzerwaffe operativ hinreichend einsatzfähig sein, denn vom Erfolg der Panzerwaffe hängt der Erfolg der Offensive ab. Der Ausgang der Offensive wiederum entscheidet über den Ausgang des Krieges.«

Guderian nickte unmerklich und in sich gekehrt, was wohl eher ein unbewusstes, denn ein bewusstes Zeichen der Zustimmung war. »Einen wesentlichen Punkt wollte ich noch ansprechen, der noch verbessert werden muss: Die ständige Verbindung zwischen uns, den anderen Truppenteilen, Waffengattungen und den Stäben. Nur wenn es der Nachrichtentruppe gelingt, alle miteinander zu verbinden, können wir unsere Stärken auch voll ausspielen.«

»Worauf wollen Sie hinaus?«, hakte Ludendorff nach.

»Es wird im Endeffekt nichts bringen, wenn wir mit den motorisierten Verbänden zig Kilometer ins feindliche Hinterland vordringen, im Rücken des Feindes stehen und dann dort verhungern. Wir bräuchten zumindest bei den Kommandofahrzeugen drahtlose Fernsprechstationen. Die Aufklärung aus der Luft muss massiv verstärkt werden. Das Entscheidende ist dann aber, dass sämtliche Informationen von den Verbänden vorne, also Nah- und Fernaufklärung, auch zentral zusammenlaufen und es dem Oberkommando ermöglichen, sofort zu reagieren. Wir können diesen Krieg nur gewinnen, wenn wir schneller sind als die anderen, das ist unsere einzige Chance, unsere Nachteile bei Material und Masse auszugleichen.«

»So schnell wie der Blitz, wie?«

»Ja. Die Überwindung dieses sinnlosen Stellungskrieges kann nur in einem beschleunigten Bewegungskrieg liegen.«

»Da rennen Sie bei mir offene Türen ein, wie Sie wissen. Ich schicke Ihnen einen Verbindungsmann von der Nachrichtentruppe vorbei, die sollen Sie mit allem ausstatten, was Sie brauchen.«

»Das wäre ausgezeichnet!«, sagte Guderian.

»Wenn das von Ihrer Seite alles wäre, dann habe ich noch etwas, bevor ich Sie hier bei Ihrem Manöver wieder allein lasse. Habe Ihnen namens der OHL Ihre Beförderung zum Oberst mitzuteilen. Es kann ja schließlich nicht angehen, dass jemand, der in der entscheidenden Phase des Krieges eine so wichtige Position einnimmt, nur Major ist«, meinte Ludendorff mit väterlicher Güte in der Stimme.

»Herr General, die OHL kann sich darauf verlassen, dass die deutsche Panzerwaffe alles daran setzen wird, die in uns gesetzten Erwartungen zu erfüllen. – Wir müssen diesen Krieg gewinnen!«

Ludendorff ergriff die Hand von Guderian und schüttelte sie kräftig. »Ich verlasse mich auf Sie, Guderian.«

Kapitel 4: Unternehmen Cherusker

Westfront, 15.2.1919

Es war kalt, bitterkalt ... Nicht dass ihm die Kälte etwas ausgemacht hätte, war er doch schon als Kind an russische Winter gewöhnt, und auch später im Erzgebirge waren zweistellige Temperaturen unter null im Februar nichts Abnormales. Hier am Rande der Champagne hätte er allerdings angenehmere Temperaturen erwartet, einer Landschaft, in der alles so prächtig gedieh, dass wohl die meisten deutschen Bauern und Gutsherren darüber neidisch sein mochten. Aber der junge Baron von Dankenfels, dem es – so er den Krieg denn überleben würde –, auch bestimmt war, Gutsherr zu werden, verschwendete in dieser Nacht keine Gedanken an etwas, was nicht unmittelbar Teil ebendieses Krieges war. Ein Leben danach, das gab es für ihn in diesem Moment nicht, es schien auch nicht von Bedeutung zu sein. Hans von Dankenfels, der vor wenigen Tagen zum Leutnant befördert worden war, war in dieser eisigkalten Nacht von einer inneren Unruhe gepackt. Rastlos streifte er im Feldlager umher und starrte in kurzen Abständen immer wieder auf seine Armbanduhr: kurz nach zehn. »Strengste Nachtruhe« hatte er seiner Kompanie befohlen, da der Tag bereits um ein Uhr morgens wieder beginnen würde. Er selbst war außer Stande, Ruhe zu finden, fieberte dem neuen Tag entgegen, an dem er sich erstmals als Kompanieführer an der Front bewähren musste. Doch damit nicht genug, stand man am Vorabend einer gigantischen Schlacht, der deutschen Frühjahrsoffensive, die diesen Krieg entscheiden sollte. »Unternehmen Cherusker«, hatte die OHL diese alles entscheidende Offensive benannt, was ganz nach dem Geschmack des geschichtsbewussten baltischen Barons war. Denn der Cherusker Arminius, dessen germanischer Name nicht überliefert ist, war der Inbegriff für eine entscheidende Schlacht von historischer Tragweite. Der Cheruskerfürst bewahrte mit seinem Sieg im Teutoburger Wald die Freiheit der Germanen und wies den römischen Expansionsdrang in die Schranken. »Cherusker« war also ein Synonym für eine Entscheidungsschlacht von historischen Ausmaßen, und das war für den Ausgang dieses Völkerringens wohl mehr als angebracht.

Leutnant von Dankenfels nahm seine Pistole 08, nach ihrem Konstrukteur auch »Luger« genannt, starrte etwas geistesabwesend auf die Waffe, gerade so, als würde er ein Zwiegespräch mit ihr führen. Er entnahm ihr das acht Patronen fassende Magazin, als wollte er sich von der Funktionstüchtigkeit der Waffe überzeugen. Seit er das erste Mal einen Karabiner in die Hände gedrückt bekommen hatte, hatte der Umgang mit Schusswaffen etwas Magisches für ihn, seit seiner Rekrutenausbildung auch etwas Meditatives.

»Wenn das Gewehr die Braut des Soldaten ist, dann musst du in deine unsterblich verliebt sein«, witzelte ein Stubenkamerad einmal bei der Waffenreinigung. Die Pflege einer Waffe, von deren Funktionieren im Ernstfall das

Leben des Soldaten abhängt, kann schon etwas Kontemplatives haben, weil man durch diesen Vorgang geradezu zwangsläufig an das erinnert wird, wofür Waffen da sind: Kampf, Krieg, Tod – Glück oder Unglück, die manchmal nur um Millimeter auseinander liegen …

Der Umgang mit Waffen war ihm seit frühester Jugend vertraut. Sein Vater, ein passionierter Jäger, befand es als Selbstverständlichkeit, ihn nicht nur zur Wehrhaftigkeit zu erziehen, sondern ihm auch waffentechnische Grundlagen zu vermitteln. Mit zehn durfte er seinen Vater das erste Mal zur Jagd begleiten, selber etwas schießen durfte er jedoch nicht so schnell. Das Waidwerk sei weder Kinderspiel noch Selbstzweck, hatte er ihm erklärt. »Ach, Vater … und Muttilein …«, seufzte der Hüne, den die Eltern manchmal noch wie in Kindertagen »Hänschen« riefen, innerlich leise; von Dankenfels hing sehr an seinen Eltern, liebte und verehrte sie beide gleichermaßen.

Die Kälte war dem jungen Leutnant mittlerweile in alle Glieder gekrochen und das Bedürfnis nach Wärme dürfte ihn in Gedanken wohl noch mehr in das elterliche Hause versetzt haben.

Anders als vor seiner Feuertaufe in Kiel, spürte er nun erstmals die Gefahr, den Tod als ständigen Begleiter des Soldaten. Kiel – da machte er sich keine Illusionen –, war ein Spaziergang im Vergleich zu dem, was morgen und in den nächsten Tagen auf sie zukommen würde. Nur einen einzigen Gefallenen, den Unteroffizier Bucher, hatte sein Zug in Kiel zu beklagen; so billig würden sie hier mit Sicherheit nicht mehr davon kommen … Von Dankenfels fürchtete den Tod nicht; dennoch war dieser keine so angenehme Vorstellung, eben wenn man gerade seiner Eltern, denen man doch das Leben verdankte, eingedenk war. Der erstgeborene, hochbegabte und ungeheuer energiegeladene Sohn war der Stolz seiner Eltern, hatte noch viel vor in seinem Leben, und die meisten in seiner Sippe erwarteten auch Großes von ihm, natürlich auch seine Eltern. Hans fühlte also eine gewisse Verpflichtung, diesen Krieg unbeschadet zu überstehen, wenngleich ihm die Vorstellung im gleichen Moment reichlich naiv vorkam, angesichts der Schrecken des ersten maschinell geführten Krieges der Geschichte, der mittlerweile in sein sechstes Jahr getreten war und bereits Millionen Opfer gefordert hatte.

»Hm-Hm-Hm …«, hörte man plötzlich kaum vernehmbar jemanden aus einem der Zelte summen: »Argonnerwald, um Mitternacht, ein Pionier steht auf der Wacht.« Die Soldaten liebten dieses Lied, war es doch ihr Lied, dass hier an der Westfront im ersten Kriegswinter entstanden war.

»Argonnerwald, Argonnerwald, ein stiller Friedhof wirst du bald«, unwillkürlich und fast reflexartig schoss dem Leutnant eine andere Zeile dieses Liedes durch den Kopf. Schon in wenigen Stunden würde dieses Lied bitterer, blutiger Ernst werden. Dann nämlich, wenn das gesamte 12. Armeekorps, die 5. Panzer-Eskadron an der Spitze, versuchen würde, die alliierte Front bei Stenay zu durchbrechen, auf Vouziers vorzurücken und dann nach Süden abdrehend am Rande des Argonnerwaldes entlang zu marschieren, mit dem Ziel, sich südlich von Verdun mit dem aus Richtung Metz vorrückenden 4. Armeekorps an der Maas zu vereinen. Es war ein kühner, verwegener Plan, der, wenn er aufging, mehrere alliierte Armeen einkesseln würde. Achtzig bis neunzig Kilometer lagen vor ihnen, die die Panzerspitzen in zwei Tagen zurücklegen sollten. Bereits im Sommer 1914 hatte sich ein Vorstoß in dieser Richtung bewegt. In den viereinhalb Jahren, die seitdem vergangen waren, hatte der Krieg diese Gegend in eine öde Mondlandschaft verwandelt. Hunderttausende waren auf beiden Seiten verblutet, ohne dass sich der Frontverlauf nennenswert verschoben hätte, auch wenn die deutsche Front im November 1918 auf eine rückwärtige strategische Linie, die sogenannte Antwerpen-Maas-Stellung, zurückgenommen werden musste. Dieser taktische Rückzug war primär eine Vorsichtsmaßnahme der OHL, um die eigenen Kräfte hinter dieser Linie zu sammeln und neu formieren zu können. Nachdem es über den Winter kaum mehr zu nennenswerten Kampfhandlungen an der Westfront gekommen war und die Alliierten offensichtlich ebenfalls mit einer Frühjahrsoffensive die Entscheidung herbeiführen wollten, wurde der deutsche Angriffstermin um zwei Wochen vorverlegt.

»Bringen wir es jetzt endlich zu Ende«, hatte der Kommandeur der 5. Panzer-Eskadron, Hauptmann Schörner, beim Appell heute Morgen gesagt. Schörner war, wie die meisten bei der Panzerwaffe, noch sehr jung, bekleidete für seinen Verantwortungsbereich keinen besonders hohen Rang, zeichnete sich aber durch außerordentliche Tapferkeit und absolute Loyalität der Monarchie gegenüber aus. Allesamt Eigenschaften, die ihn auch in besonderem Maße für die Kastrup geeignet erscheinen ließen, weshalb ihn von Dankenfels und seine Kameraden auch besonders schätzten. Die Panzerwaffe war die jüngste Waffengattung des Heeres, geschaffen von dem jungen Generalstabsoffizier Heinz Guderian und brauchte daher ebenso junge, verwegene und zugleich intelligente Haudegen, die ein hohes Maß an taktischer Anpassungsfähigkeit mitbrachten. Schörner war so ein Haudegen, der für die Erstürmung des Monte Matajur mit dem *Pour le Mérite* ausgezeichnet worden war, genauso wie Erwin Rommel. Major Rommel kommandierte die 2. Panzerbrigade und damit die motorisiert-gepanzerten Verbände des zweiten Arms der Zange, die die französischen Verbände um Verdun einkesseln sollten. Von Dankenfels warf nochmals einen Blick auf seine Armbanduhr, es war kurz vor elf. Nun ließ er sich mit dem Rücken an einem Panzer zu Boden sinken, hüllte sich noch etwas in seinen Mantel ein und murmelte, bevor er in einen kurzen, jedoch tiefen Schlaf versank: »Bringen wir es jetzt endlich zu Ende!«

*

Langsam erreichte die 5. Panzer-Eskadron, bestehend aus fünf Zügen A7V, ihren Bereitstellungsraum, der knapp fünf Kilometer vor den feindlichen Linien lag. Den einhundert A7V, die gleichmäßig auf die fünf Züge verteilt waren, standen pro Zug jeweils fünf Austro-Daimler-Panzerwagen und drei K-Wagen zur Seite. Die Kolossal-Wagen, die gerne auch als »fahrende Festungen« oder »Wunderwaffen des deutschen Heeres« bezeichnet wurden, hatten an diesem Tage ihren ersten Kampfeinsatz und alle erhofften sich, dass es im wahrsten Sinne des Wortes ein durchschlagender Erfolg werden sollte. Denn den K-Wagen war die Rolle des Rammbockes zugedacht worden: Sie sollten die vordersten feindlichen Linien mit ihren 120 Tonnen Gewicht ganz einfach niederwalzen und plattmachen und so für die schwächer gepanzerten und armierten Einheiten sprichwörtlich »eine Gasse bahnen«. Um zwei Uhr morgens war die Eskadron in Bewegung gesetzt worden, um den Bereitschaftsraum zu beziehen. Jetzt, um kurz vor vier, wartete alles auf das Einsetzen des deutschen Artilleriefeuers, das um Punkt vier die letzten Kilometer des Vorrückens der Panzer vorbereiten sollte. Es war kein »vorbereitendes Artilleriefeuer«, wie es sich im Laufe dieses Krieges auf beiden Seiten entwickelt hatte und wie es seit einer Woche auf den Frontabschnitt vor Verdun niederging. An diesem Frontabschnitt, unweit von Montmédy, würde es nicht viel mehr als eine »Begleitmusik« sein, in der Hoffnung, die deutschen Panzer so überraschend und unbemerkt wie möglich auf den Feind prallen zu lassen. Würde der große Schlachtplan Ludendorffs aufgehen? Alles hing am Überraschungsmoment und an der größeren Geschwindigkeit; mit der besseren Technik und der besseren Taktik wollten die Mittelmächte ihre quantitative Unterlegenheit an Mensch und Material wettmachen. Der Aufbau der deutschen Panzerwaffe sollte, so hoffte man, dem Feind bis zu dieser Stunde verborgen geblieben sein. Dass dies vollständig glücken könnte, glaubte jedoch gerade bei der Panzertruppe fast niemand, obwohl die Verlegung an die Front über Monate akribisch geplant und über Wochen stets nachts durchgeführt worden war, um der alliierten Luftaufklärung zu entgehen. Dennoch konnte eine derartige Massierung von fast 3000 stählernen Ungetümen dem Feind nicht verborgen bleiben, der natürlich auch im Reich selbst über genügend offene Augen und Ohren verfügte. Man konnte also davon ausgehen, dass der Feind von der Existenz der deutschen Panzerwaffe wusste und ein völlig überraschender Angriff zumindest auf den letzten Kilometern unmöglich war, allein schon aufgrund des Höllenlärms, den die stählernen Ungetüme verursachten. Man hoffte aber auf zweierlei: zum einen auf einen Erfolg der zusätzlichen Anstrengungen, die unternommen worden waren, die K-Wagen zu tarnen, und zum anderen, dass der Feind den deutschen Großangriff dort erwartete, wo seit einer Woche das vorbereitende Artilleriefeuer aus tausenden Geschützen niederging – im Frontabschnitt vor Verdun. Es gab Anzeichen, dass die Franzosen die Köder schlucken könnten, da im Bereich um Verdun immer mehr Einheiten zusammengezogen wurden. Würde das große Täuschungsmanöver gelingen und die beiden Panzerspitzen weit weg von Verdun relativ ungehindert die Front durchstoßen können? Schon bald würde sich erweisen, ob der Plan der OHL genial oder gescheitert war – eine Novität in der Kriegsführung stellte er in jedem Fall dar. Nicht nur, dass die deutsche Großoffensive unter dem Decknamen »Cherusker« den ersten Einsatz der neugeschaffenen Panzerwaffe und den massivsten punktuellen Einsatz gepanzerter Fahrzeuge im bisherigen Kriegsverlauf mit sich bringen würde, sie würde eine neue Form des technisierten Krieges schaffen, der zu Beginn des Krieges noch undenkbar gewesen war. Die technische Entwicklung im Laufe des Krieges war atemberaubend – auf beiden Seiten; zwar hatten die Deutschen Ende 1918 einen leichten technischen Vorsprung, aber er war nicht so überwältigend, um ausreichend zu sein, die quantitativen Nachteile auszugleichen. Das veranschaulichte die Fliegerei recht gut: Hier schufen deutsche Konstrukteure mit den Jägern Fokker D.VII und D.VIII, dem Erdkampfflugzeug Junkers CL.I und dem Bomber Zeppelin

Staaken R.VI Flugzeugtypen, die ihren alliierten Gegnern überlegen waren; doch diese technische Überlegenheit konnte die eigene zahlenmäßige Unterlegenheit nicht ausgleichen.

Die OHL hoffte daher, eine Revolutionierung der im Grabenkampf der Westfront erstarrten Kriegsführung durch Geschwindigkeit und koordiniertes, auf den Punkt konzentriertes Vorgehen der verschiedenen Waffengattungen herbeizuführen. Die logistischen Voraussetzungen dazu lieferte die Nachrichtentruppe, deren Aufgabenbereiche sich im Laufe des Krieges enorm erweitert hatten und die – nach bescheidenen Anfängen bei Kriegsausbruch Ende 1918 – über einen enormen Apparat mit fast 200.000 Mann verfügte. Technisch revolutionierte vor allem die Erfindung und dann ab 1916 die Weiterentwicklung mobiler Funkgeräte die Kriegführung. Dies ermöglichte es der Kommandoebene, augenblicklich Veränderungen im Kriegsgeschehen zu erkennen und unmittelbar darauf zu reagieren. Nur so war es auch möglich, auf erfolgreiche Durchbrüche zu reagieren und nachzusetzen, bevor der Gegner in der Lage war, die entstandenen Lücken im Frontverlauf zu schließen.

Ob das alles so funktionieren wird?, ging es Hans von Dankenfels durch den Kopf, wie wohl auch den meisten anderen. Stumm stand er dicht an dicht, eingepfercht mit einer Gruppe seiner Kompanie im Inneren eines A7V. Die Aufgaben seiner Kompanie im Rahmen des neu aufgestellten 2. Kastrup-Panzerbegleitbataillons waren sehr umfangreich. Sie waren ganz vorne bei den ersten Panzern eingestiegen und hatten je nach Gefechtslage auszusteigen, um Hindernisse aus dem Weg zu räumen, Sicherungsaufgaben zu übernehmen oder – und davon war eher auszugehen – Stellungen zu besetzen und zu halten, bis reguläre Infanterie nachrücken konnte. Das 2. Kastrup-Bataillon, das seine Feuertaufe in Kiel erhalten hatte, war in den Folgewochen, als »Versuchskaninchen« der neuaufgestellten Panzertruppe zur Verfügung gestellt worden. Dort wurde es aufgrund der Erfahrungen bei intensiven Manövern im Dezember zum 1. Kastrup-Panzerbegleitbataillon umgebildet. Aus den drei Schützenkompanien wurden Panzerschützenkompanien, die S-Kompanie wurde zu einer speziellen Panzerpionierkompanie umgebildet, die primär den Panzern technisch zu assistieren hatte, wenn es zum Beispiel um das Überwinden von Hindernissen oder das Schaffen von Übergängen ging. Grundsätzlich sollten die Schützenkompanien gruppenweise auf die Panzer aufgeteilt werden, was bedeutete, dass sie streckenweise mit den Panzern mitfahren konnten. In der Praxis erwies sich hier aber eine feste Einteilung einer Gruppe zu einem Panzer als illusorisch, da die häufig vorkommenden technischen Probleme, für sich genommen, schon ausreichten, um eine derartige feste Einteilung zu Fall zu bringen. Die Einteilung erfolgte also lagebedingt und abhängig vom jeweils verfügbaren Verhältnis von Fahrzeugen und Soldaten. Da es im Bereich des Frontdurchbruchs notwendig war, mit einer größeren Anzahl von Soldaten vorzurücken, die dann noch in ausreichender Mannstärke den Grabenkampf aufnehmen konnte, wurden in den Kompanien jeweils zwei größere Züge à 50–60 Mann gebildet, die einem Panzer zugeordnet wurden.

Plötzlich brach das Artilleriefeuer los und riss die gedankenverlorenen Männer aus ihrem Halbschlaf. Schlag vier Uhr morgens wurden im selben Moment die Motoren gestartet und der Panzer ruckte nach fünf Minuten los, die Männer daran erinnernd, von den Halteseilen an der Decke Gebrauch zu machen.

»Dann schauen wir mal, wie weit wir kommen …«, sagte neben ihm der Unteroffizier Meiser, den er zum Zugkommandanten eingeteilt hatte. Meiser, der sich bei den Kämpfen in Kiel bereits außerordentlich bewährt hatte und danach befördert worden war, klang nicht sonderlich optimistisch, was durchaus verständlich war. Denn schließlich war es nicht unrealistisch, dass bereits an der vordersten Linie zahlreiche Panzer ausfallen würden, was ebenso unvermeidbar wie einkalkuliert war. Zwar war hier weniger das feindliche Abwehrfeuer zu fürchten, das bis jetzt noch nicht eingesetzt hatte, als vielmehr die Unwägbarkeiten des Geländes, die dem A7V schnell zu schaffen machten. Schon ein einfaches Drahthindernis konnte zu einem Blockieren der Ketten und damit zum Liegenbleiben führen. Ohne Panzerbegleiteinheiten und Sturmpioniere waren die A7V daher oftmals ziemlich hilflos. Dennoch musste sich die OHL in Ermangelung eines anderen serienreifen Modells für sie entscheiden, da der K-Wagen noch schwerfälliger war und vor allem nur in geringen Stückzahlen produziert werden konnte. Der A7V war, obgleich seinen alliierten Gegnern generell ebenbürtig, partiell – bspw. was die Panzerung betraf – sogar überlegen, kein ideales Kampffahrzeug. Doch die OHL musste schon Ende 1917 eine Entscheidung treffen, um noch rechtzeitig einen Panzer in ausreichender Stückzahl zu haben oder eben keinen; also wurde die einzig richtige Entscheidung getroffen. Zwar konnte im Rahmen der Serienproduktion noch vieles verbessert werden, wie beispielsweise die Leistungsfähigkeit und die Zuverlässigkeit der Motoren, doch einige grundlegende Schwächen, wie die geringe Geländetauglichkeit, blieben. Im Zuge intensiver Erprobung durch die Truppe konnten ebenfalls noch Kleinigkeiten verbessert werden. So reduzierte man die Besatzung von 16 auf 14, da sich die Doppelbesetzung jedes einzelnen der sechs MG als überflüssig herausstellte und man jeweils dem vorderen und hinteren Bereich des Panzers einen zweiten MG-Schützen zuordnete, der ausreichte, um die zwei bzw. vier MG mit Munition zu versorgen. So schaffte man es, zusätzlich 8–10 Mann von den Panzerbegleitmannschaften mitzunehmen, wobei dies eigentlich nur für den tatsächlichen Frontdurchbruch sinnvoll war, wo es galt, die Mannschaft im Schutze der bis zu 30 mm starken Panzerung unbeschadet in die feindlichen Stellungen zu bringen. Weitere Fahrten waren für die »Sardinen«, wie man die Begleitmannschaften schon bald nach den ersten Erprobungsfahrten und Versuchen nannte, ein Albtraum: Enge, Hitze, ohrenbetäubender Lärm und Ölgestank stellten die Männer bei jeder Fahrt auf eine harte Probe. Eine Stunde sollte die Fahrt bis in die vorderste feindliche Linie dauern, doch schon nach wenigen Minuten merkte von Dankenfels wie er und die anderen zu transpirieren anfingen. War es vorhin draußen noch mit geschätzten minus 10° Celsius bitterkalt, so hatte es hier im Bauch des stählernen Monstrums bald Saunatemperaturen. *So wird sich der Christ wohl seine Hölle vorstellen,* dachte der Leutnant, weil es nicht nur höllisch heiß und laut war, sondern auch stockdunkel, da es keine Innenbeleuchtung gab. Durch einige Schießscharten, Sehschlitze und Luken konnte zwar Tageslicht eindringen, das ließ aber noch auf sich warten, obwohl draußen schon der Morgen graute. Je länger die Fahrt dauerte, umso öfter zuckten aber Blitze auf und das grelle Licht der Leuchtkugeln.

»Schön langsam wird's warm!«, brüllte Meiser dem Leutnant ins Ohr, was natürlich eine schamlos-sarkastische Untertreibung darstellte. Denn nach einer halben Stunde Fahrzeit hatte es im Inneren des A7V Temperaturen von 50–60 °C, da die Luft zum Kühlen der Motoren aus dem Innenraum abgesaugt wurde. Frischluft kam lediglich durch Lüftungsgitter im Dachbereich des A7V. Das hatte aber zur Folge, dass die Besatzung Gasangriffen genauso ausgesetzt war wie der Soldat im Schützengraben. Daher hatte natürlich auch jeder Panzerfahrer seine Gasmaske immer am Mann. So selbstverständlich dies war, so sehr hofften doch alle, dass der Bewegungskrieg den Gaskrieg verhindern, zumindest aber unwahrscheinlich machen würde. Denn in der Tat setzte der massive Gaseinsatz eine relativ starre Frontlinie voraus und war zudem noch sehr wind- und wetterabhängig. Trotz des Höllenlärms im Fahrzeuginneren – der Kommandant konnte sich nur mittels Melder mit der Mannschaft verständigen – konnte man von draußen erste dumpfe Einschläge vernehmen. »Jetzt wird's spannend«, schnaubte Meiser und man spürte, wie sich bei den eingepferchten Männern eine enorme Anspannung breitmachte. So mochten sie vielleicht eine gute halbe Stunde dahingerollt sein, mindestens fünfzehn bis zwanzig Minuten Fahrt standen ihnen noch bevor; nun brauchten sie wirklich Nerven aus Stahl! Immer öfter blitzte ein greller Lichtschein durch die Luken des Panzers, dessen Inneres immer noch in relativer Dunkelheit lag. Nach fast einer dreiviertel Stunde waren die Soldaten aufgrund der tropischen Temperaturen allesamt triefend nass geschwitzt, obwohl manch einer vermeinte, der kalte Schweiß der Angst würde ihm über die Stirne tropfen. *Wumm!* Eine gewaltige, deutlich hörbare und auch spürbare Detonation ließ die Männer aufschrecken. Immer wieder versuchte von Dankenfels auf die Uhr zu schauen; es konnte nicht mehr lange dauern, bis sie da waren. Da! Ein neues Geräusch. Irgendetwas kratzte da an der Panzerung. Es machte »Pling«, oder so ähnlich. Da – schon wieder, und wieder … Plötzlich trat das Geräusch massiv auf und klang so wie Hagelkörner, die auf eine Glasscheibe prasselten.

»MG-Feuer!«, rief irgendeiner.

Dann sind wir ja gleich da, dachte sich von Dankenfels. »Ruhig Blut, Männer! Gleich haben wir es geschafft!«, schrie er, an seine Soldaten gerichtet, um ihnen ein bisschen Zuspruch zu geben und um sie vor allem schon geistig darauf vorzubereiten, dass sie bald raus mussten. Gleichzeitig verinnerlichte er sich nochmals seinen Gefechtsauftrag: *Nach rechts aussteigen, Graben aufrollen und nach rechts vorrücken, bis der Anschluss an den I. Zug hergestellt ist. Danach warten, bis der Rest der Kompanie mit den Sturmpionieren von hinten nachgerückt ist.* Plötzlich krachte es, und ein fürchterlicher Knall raubte den Soldaten kurzzeitig das Gehör. Leutnant von Dankenfels sangen die Ohren und er fühlte sich, als wäre er im Inneren einer riesigen Glocke, auf die von außen ein gewaltiger Hammer schlug. »Treffer!« Der A7V blieb ruckartig stehen und die Motoren erstarben. Der Leutnant, dem es noch immer in den Ohren gellte, fing sich in Sekundenschnelle wieder und brüllte: »Alles raus und hinter dem Fahrzeug sammeln!« Nichts rührte sich … *Verflucht noch mal, wir müssen raus hier*, schoss es dem Leutnant durch den Kopf und er stieß unwirsch zwei direkt vor dem Ausstieg stehende Soldaten zur Seite. Mit dem Panzerkommandanten war nämlich vereinbart worden, die »Sardinen« sofort rauszuschmeißen, sollte der Panzer »unplanmäßig« zum Stehen kommen, damit die MG-Schützen Platz bekommen würden. Er versuchte, die beiden Flügel der Luke zu öffnen – vergeblich; irgendetwas klemmte! »Himmel, Arsch und Zwirn!« Der Baron biss sich fluchend auf die Lippe. Dann trat er wie von Sinnen gegen die offenbar leicht verzogene Luke. Ein zweiter Mann trat zu ihm, und mit vereinten Kräften schafften sie es, die einem Fensterladen ähnelnde Luke aufzustoßen. Mit kaum hörbarem Geknarze lösten sich die beiden schweren Stahlplatten, öffneten sich nach außen und ließen das fahle Morgenlicht in den Innenraum des A7V. Da erst erkannte von Dankenfels den Unteroffizier Meiser, der wieder einmal sofort zur Stelle war, wenn man ihn brauchte.

Das bescheidene Licht, das die seitliche aufgeflogene Heckluke dem Kampfraum gewährte, eröffnete dem Leutnant, dass seine Männer nun tatsächlich mehr Sardinen denn Soldaten glichen und wie paralysiert auf der hinteren Plattform standen, oder besser gesagt, an die Wände gequetscht waren. Um die Schockstarre seiner Männer zu überwinden, packte von Dankenfels den nächstbesten an »Arsch und Kragen« und warf ihn aus dem Fahrzeug. Meiser verstand blitzschnell, nahm noch einen zweiten Karabiner in die Hand und sprang ebenfalls. »Raus, raus! Alles raus!!!«, brüllte von Dankenfels den sich langsam aus ihrer Schockstarre lösenden Soldaten ins Ohr und schubste sie unsanft zur Luke. Als die letzten raussprangen, quetschte sich von Dankenfels in Richtung des Turmpodestes, wo der Kommandant, Feldwebel Pichler, saß. Als dieser ihn bemerkte, schrie er von Dankenfels ins Ohr: »Volltreffer am Fahrwerk. Wir sind bewegungsunfähig, aber voll kampffähig. Feindliche Stellungen liegen 300 bis 400 Meter vor uns; einige Panzer sind schon vorne, einer der K-Wagen hat die Front durchbrochen und den Feuerkampf aufgenommen. Spielt sich aber alles an der rechten Flanke ab. Wir werden versuchen, Ihnen so gut es geht Feuerschutz in die andere Richtung zu geben. Viel Glück!«

Von Dankenfels nickte kurz zustimmend und dachte sich nur, *das werden wir auch brauchen,* und sprang schließlich als Letzter aus dem Ausstieg, der sich einen guten Meter über dem Boden befand. Als er am Boden aufprallte, nahm er den Schwung sogleich mit und hechtete hinter den Panzer, dabei zerriss ihm irgendetwas den linken Ärmel der Uniform. Hinter dem A7V suchte nun der gesamte II. Zug, teils an die Stahlwand gekauert, teils weiter nach hinten gestaffelt, volle Deckung auf der nackten Erde. Der Leutnant brüllte nach seinem Zugkommandanten: »Meiser!« Dann hielt er kurz inne und registrierte erst das ganze Inferno, in dem sie sich befanden, was ihm bislang im Inneren des Panzers verborgen geblieben war. An sein immer noch weitestgehend betäubtes Ohr krachten unablässig Detonationen der verschiedensten Art in unglaublich kurzen Abständen – Trommelfeuer!

Immer wieder spritzten Erdfontänen hoch, sausten Granatsplitter durch die Luft, unablässig tackerten die Maschinengewehre die Sinfonie des Todes. Auch die beiden MG, die eine Schussposition Richtung Feind hatten, spien nun ihre todbringenden Garben aus, genauso wie das 5,7 cm Bordgeschütz ihres angeschossenen A7V. Tausende Geschossblitze, Leuchtspurmunition und Leuchtkugeln schienen den Tagesanbruch erzwingen zu wollen, geizte der Morgen doch noch immer mit dem Licht. »Meiser! Unteroffizier Meiser!«

»Hier, Herr Leutnant!«, brüllte ihm unvermittelt eine schweißtriefende Gestalt ins Ohr, die durch ihre Körperwärme bei den nach wie vor unter null befindlichen Temperaturen regelrecht dampfte.

»Zug vollzählig?«

»Nein, Herr Leutnant, wir haben beim Anmarsch zwei Ausfälle gehabt. Sind Sie verwundet Herr Leutnant?« Meiser tippte an den aufgerissenen linken Ärmel seines Kompaniechefs. Erst jetzt erkannte von Dankenfels, dass er sich nicht beim Sprung aus dem Panzer den Ärmel zerrissen, sondern genau in diesem Moment einen Granatsplitter eingefangen hatte.

»Nur ein Kratzer«, versicherte von Dankenfels, nachdem er die Stelle betastet hatte, und keine nennenswerte Blutung feststellen konnte. »Verflucht, das fängt ja gut an«, murmelte von Dankenfels, wohl eher an sich selbst gerichtet denn an Meiser.

In diesem Moment brüllte einer der weiter hinten liegenden Männer auf.

»Zieht ihn nach vorne!«, befahl der Leutnant und wusste, dass es nun höchste Zeit war, vorzurücken, bevor es hier einen nach dem anderen erwischte – ohne die feindlichen Linien auch nur gesehen zu haben. »Meiser! Befehl an die Gruppenkommandanten: Gruppenweise auf dem kürzesten Weg nach vorn, bis wir in den feindlichen Linien sind. Die sollen sich leicht rechts halten, damit wir nicht versehentlich ins eigene Feuer laufen. Unser Panzer deckt unsere linke Flanke mit den Bordwaffen. Alles klar, Meiser?«

Der Unteroffizier aus dem Elsass, der dem Baron seit den Kämpfen von Kiel stets in verlässlicher Kameradschaft zur Seite stand, ließ ein deutlich wahrnehmbares Nicken folgen. Die Schreierei konnte man sich bei dem Gefechtslärm sparen, von Dankenfels hatte sich schon fast heiser gebrüllt. So versuchte sich Meiser, der bereits ein Jahr Fronterfahrung an der Westfront hatte, auch mehr durch Zeichen zu verständigen, selbst wenn dies manchmal etwas unbeholfen wirkte. Schnell hatte er die vier Gruppenkommandanten an der Rückwand des A7V, dessen MG zwischenzeitlich unablässig feuerten, zur Befehlsausgabe zusammengeholt: »Dann Augen zu und durch, und passt im Graben auf, dass ihr eure Kameraden nicht abknallt!« Als wollte er den ganzen Zug in Bewegung setzen, klopfte er dem Kommandanten der ersten Gruppe, dem Gefreiten Kowalski, zweimal kräftig auf die Schulter. Der richtete sich aus der Hocke auf und gab nochmal das Handzeichen »Marsch, marsch!« in der Hoffnung, zumindest einige seiner Gruppe würden dies registrieren und der Herdentrieb würde den Rest erledigen. Es klappte tatsächlich und augenblicklich setzte sich die fünfte Gruppe in Bewegung, Meiser selbst lief wie üblich an der Spitze. Unmittelbar darauf die zweite, dann stürmte auch schon die dritte Gruppe nach vorn. Von Dankenfels, der in der Zwischenzeit versuchte, sich einen Überblick nach vorne zu verschaffen, wartete noch, bis die vierte und letzte Gruppe sprungbereit war, dann rannte auch er los. In weiten Sätzen überwand er den gefrorenen Erdboden. Vor ihm erblickte er die ersten drei Gruppen seines Zuges, die jeweils in auseinandergezogenen Schützenketten hintereinander gestaffelt nach vorne strebten. Es sah gut aus, gleich müsste die erste Gruppe die

Laufgräben erreichen. Nennenswerte Drahthindernisse waren nicht auszumachen, von vorne kein Feindfeuer. Der sportliche Leutnant, der es läuferisch sicherlich mit Meiser aufnehmen konnte, zog an der dritten Gruppe vorbei, um vorne bei den Ersten dabei zu sein. Auf Höhe der zweiten Gruppe passierte es: Ein Schrapnell krepierte inmitten der Angreifer, ein gellendes Geräusch, die Kugeln schwirrten umher, Schmerzensschreie von zu Boden stürzenden Kameraden. Im gleichen Moment ratterte aus dem vordersten Graben ein Maschinengewehr und hieb in ihre Reihen. Schlagartig warf sich alles zu Boden und suchte Schutz in den Granattrichtern. Von Dankenfels, der beim Einschlag des Schrapnells auf Höhe der ersten Gruppe aufgeschlossen hatte, beschleunigte nochmals und sprang dann mit perfekter Dreisprungtechnik einen Riesensatz nach vorne und ließ sich in einen Granattrichter fallen. Vorsichtig versuchte er, hinauszulugen, da strich auch schon eine MG-Salve über ihn hinweg und zwang ihn zum sofortigen Abtauchen. Distanz? Vielleicht 25–30 Meter. Äußerst schwierig, auf diese Distanz einen genauen Wurf zu landen, jedoch standen in diesem Augenblick keine anderen Optionen zur Verfügung. *Also, auf gut Glück,* dachte sich der junge Baron, der von seiner ganzen Veranlagung her immer blitzschnell und instinktsicher reagierte und dabei zumeist auch noch die richtige Entscheidung traf. Während andere wohl noch überlegt hätten, war der Leutnant schon dabei, sich die Handgranaten vom Koppel abzumachen, die Sicherungskappen abzuschrauben und auch schon die Abreißschnur der ersten zu ziehen. Dann ein wenig »Abkochen«, wie die Soldaten scherzhaft sagten, also zwei, drei Sekunden warten, um zu verhindern, dass die Granate noch zurückgeworfen werden konnte und: Wurf! Sofort eine zweite hinterher werfend, wartete von Dankenfels gespannt auf die Detonationen. Es knallte einmal, es knallte zweimal – doch dann knallte es praktisch zeitgleich noch dreimal. *Offensichtlich haben es andere auch versucht*, dachte der Leutnant, während er vorsichtig den Kopf über den Rand des Trichters hob. Das MG hatte aufgehört zu feuern. Plötzlich sprang Meiser fast wie ein Frosch aus einem Granattrichter, keine zehn Meter neben ihm, hervor und stürmte mit aufgepflanztem Seitengewehr und einem markerschütternden »Hurra« die letzten Schritte auf den feindlichen Schützengraben zu.

»Vorwärts!«, brüllte von Dankenfels und führte eine weitausladende Armbewegung mit seiner Rechten aus, in der er seine Pistole hielt. Ein vielstimmiges »Hurra«, das trotz des tosenden Schlachtenlärms deutlich vernehmbar war, ließ den bereits schon wieder voranstürmenden Leutnant erkennen, dass sein Kommando verstanden worden war, und wie die Kraft der Meeresbrandung drängten seine Männer nun unwiderstehlich dem vordersten Graben entgegen. Meiser sprang als erster in den feindlichen Graben, dicht gefolgt von seinem Kompaniekommandanten, der rechts von ihm in den fast mannstiefen Laufgraben sprang. Noch im Sprung wurde von Dankenfels der Gefahr gegenwärtig, die ihn erwartete, und feuerte auf ein Gewehr, das auf ihn anlegte. Auf kürzeste Distanz, keine fünf Meter von ihm, kauerte der Franzose, dessen Schuss von Dankenfels im Sprung knapp verfehlte. Der Baron gab drei Schüsse ab, die allesamt saßen und den Poilu nach hinten wegkippen ließen. Im selben Augenblick stürmten zwei weitere Franzosen von weiter hinten hervor. Sofort feuerte von Dankenfels, der sich an die Wand des Grabens drückte, sein restliches Magazin auf die beiden Angreifer, die zusammenbrachen, ohne einen Schuss abzugeben. Hastig versuchte er, seine Pistole 08 nachzuladen, als ihm jemand zornig vom Grabenknick her »Boche!« zurief und auf ihn anlegte. Für einen Moment schien die Zeit stillzustehen und der Perfektionist von Dankenfels, der bei allem immer schnell war, war jetzt um diesen einen Handgriff zu langsam: Sein Magazin war noch nicht in der Waffe, als ein Schuss fiel. Das Knallgeräusch der Treibladung ließ das Magazin in die Luger flutschen, reflexartig durchgeladen. Der Leutnant legte in einem Sekundenbruchteil an, den Pistolengriff mit beiden Händen umklammernd. Da kippte der Franzose bereits, einen undefinierbaren Schmerzensschrei ausstoßend, nach vorne. Von Dankenfels blickte in die andere Richtung. Da stand Meiser, den Karabiner in Richtung des Franzosen angelegt. Für einen kurzen Moment trafen sich die Blicke der beiden Kastrup-Soldaten und beiden huschte ein erleichtertes Lächeln über die Lippen. *Gott Mars liebt seine Söhne,* dachte sich der Leutnant nur, als er den Obergefreiten heranwinkte. »Das war verdammt knapp, ich schulde Ihnen was, Meiser! Damit wir nicht nochmal überrascht werden, bereiten wir die Knicke mit Handgranaten vor.« Systematisch wurde nun der vorderste Graben aufgerollt, und von Dankenfels kämpfte sich gemeinsam mit Meiser an der Spitze des Zuges etwa zweihundert bis dreihundert Meter vorwärts, ohne dass sie noch auf nennenswerten Widerstand gestoßen wären. Da sie jedoch kaum gegnerische Gefallene sahen, lag die Vermutung nahe, dass sich der Feind in den hinteren Gräben massieren würde. Vor einer Biegung im Graben, in die bzw. hinter die zwei

Handgranaten geworfen wurden, krachte es zweimal – doch als der Leutnant sich weiter vorarbeitete, krachte es plötzlich noch zweimal. Von Dankenfels wurde stutzig, lugte vorsichtig um die Grabenecke und erkannte schemenhaft einen deutschen Stahlhelm, im selben Augenblick verspürte er einen Schlag auf seinem Kopf. »Feuer einstellen!«, brüllte er mehrmals aus Leibeskräften.

»Feuer einstellen!«, hörte er es nun auch von der anderen Seite.

»Meiser! Geben Sie die Meldung nach hinten weiter: Anschluss an den I. Zug hergestellt.«

Der Leutnant atmete tief durch, während er noch immer mit dem Rücken an der Grabenwand dahockte. Plötzlich beugte sich eine Gestalt zu ihm herunter.

»Passt eh' alles bei Ihnen, Herr Leutnant?«

Es war Feldwebel Edmayr, der jetzt den I. Zug führte.

»Wenn Sie mir nicht gerade die Rübe runterschießen, dann schon«, antworte von Dankenfels flapsig, während er die Delle auf seinem Stahlhelm begutachtete.

»Tut mir leid, Herr Leutnant, der Kamerad hat noch einen nervösen Finger – aber er hat sich schon vor dem Feind bewährt …«, lächelte Edmayr etwas verlegen.

Nun musste auch der Leutnant grinsen und meinte: »Wie sagt man bei euch in Bayern? Passt schoh! Also weiter geht's!« Dann setzte er sich wieder seinen Helm auf und kontrollierte das Magazin in seiner Luger.

Edmayr, der gemessen an der Fronterfahrung auch schon ein alter Hase war, vollführte eine lässige Handbewegung: »Langsam, Herr Leutnant. Erst mal auf den nächsten Panzer warten, in dessen Schutze wir mitgehen können. Schätze die Säuberung vom zweiten und dritten Graben wird schwieriger werden, der erste war nämlich nur schwach besetzt. Unsere Überraschung scheint einigermaßen gelungen zu sein.«

Plötzlich brüllte ein Motor in unmittelbarer Nähe auf und das Geräusch kratzender, quietschender Panzerketten schob sich an sie heran. Keine fünf Meter in der Richtung, aus der Edmayr gekommen war, versuchte ein A7V, vorsichtig den Graben zu überwinden. Die darunter stehenden Soldaten beeilten sich, aus dem Bereich rauszukommen, obwohl sie wussten, dass sie sich in dem fast mannshohen Graben auch überrollen lassen konnten. Der Fahrer des A7V hatte eine Stelle gewählt, an der die Querung einigermaßen einfach erschien, dennoch ließ er sein Gefährt behutsam über den Graben rollen, um unmittelbar hinter dem Graben zu halten. Die Panzerkommandanten hatten den Befehl bekommen, immer automatisch hinter den Gräben zu halten und zu warten, bis sich die Soldaten der Begleit- und Stoßtrupps sammelten, um ein etwas sichereres Vorgehen zu ermöglichen. So hoffte man, die Verluste zu vermindern, bis das Grabensystem eines Frontabschnittes vollständig überwunden und vom Feind gesäubert war.

Im Aufrichten wanderte von Dankenfels' Blick unbewusst nach oben. »Da!« In relativ geringer Höhe brausten einige Flieger über die Schützengräben hinweg, durch das Balkenkreuz unverkennbar als eigene identifizierbar.

»Na endlich, die Luftunterstützung ist da«, rief Edmayr erfreut. »Die konnten wohl erst bei Tagesanbruch starten. Sind wahrscheinlich die Tiefflieger, die die feindliche Artillerie in diesem Frontabschnitt bekämpfen sollen. Dann müsste auch der feindliche Artilleriebeschuss gleich deutlich nachlassen.«

»Na, dann können wir uns ja endlich mal auf die Socken machen«, antwortete von Dankenfels gespielt spöttisch »mir wird nämlich schon wieder ganz kalt.« Edmayr quittierte die Bemerkung nur mit einem kurzen Lächeln.

Mittlerweile hatte sich Meiser wieder vom Zugende kommend nach vorn gedrängt und war zum Baron getreten. »Melde: Anschluss auf der anderen Seite hergestellt. Graben in unserem Bereich komplett vom Feind gesäubert.« Meiser schluckte kurz: »Laut Gruppenkommandanten sind insgesamt 12 Mann ausgefallen.«

Von Dankenfels musste nun ebenfalls schlucken – zwölf Mann, das bedeutete: jeder fünfte des Zuges! »Edmayr, wie viele Ausfälle gibt es bei Ihnen?«

»14 oder 15«, stöhnte Edmayr.

Hoffentlich sind es größtenteils nur Verwundete, dachte sich der Leutnant, ohne den Gedanken laut auszusprechen. »Edmayr, Meiser. Lassen Sie sammeln, die Kompanie rückt im Schutze dieses Panzers hier gemeinsam mit beiden Zügen vor. Der zweite Graben liegt ca. 100–150 Meter hinter dem ersten. Den Graben übernehmen Sie mit dem I. Zug alleine. Sobald ihr im Graben seid, bewegt sich der I. Zug nach rechts und sucht wieder den Anschluss an die 2. Kompanie und Leutnant Henschel.«

»Jawohl, Herr Leutnant«, sagte Edmayr in einer Lautstärke, die verriet, dass wohl auch sein Gehör etwas in Mitleidenschaft gezogen war, und gab den Befehl an seine Gruppenkommandanten weiter.

»Meiser: Wir überspringen den zweiten Graben und rücken mit dem Panzer weiter vor in Richtung dritter feindlicher Linie. Wir verlassen uns drauf, dass unser A7V beim Überfahren der zweiten Linie durch seine seitlichen MG in der Lage ist, diesen bereits soweit zu säubern, dass wir nicht mehr beim weiteren Vorrücken von hinten mit Feuer belegt werden können. Zusätzlich haben wir noch die beiden Heck-MG, die uns Feuerschutz geben können.« Nachdem dem Panzer über die rückwärtigen MG-Schützen ein Zeichen gegeben worden war, fuhr dieser wieder an. »Der feindliche Granatbeschuss ist weniger geworden«, brüllte von Dankenfels Meiser ins Ohr, wobei er registrierte, dass sich sein Gehör wieder gefangen hatte. Der A7V bewegte sich in Schrittgeschwindigkeit auf die zweite feindliche Linie vor, diese bereits aus allen Rohren unter Feuer nehmend. Der Abstand zur feindlichen Linie verringert sich: noch 50, noch 30 – das befürchtete Kreuzfeuer bleibt aus –, noch 20 Meter. »Fertigmachen«, sagte von Dankenfels zu Edmayr. Keine zehn Meter vor dem Graben schließlich: »Los!« Der II. Zug stürmte nach vorn und drang in den feindlichen Graben ein. Vorsichtig schob sich wiederum der Panzer an einer geeignet erscheinenden Stelle über den Graben; im Gegensatz zum britischen Mark IV war das Überfahren eines Grabens für den A7V kein einfaches Manöver. Doch der Fahrer dieses A7V schien sein Gefährt zu beherrschen und schob sich langsam, aber sicher über den Erdspalt. Im Queren feuerten die seitlichen MG nochmals und über die Köpfe der bereits im Graben befindlichen eigenen Soldaten hinweg der Länge nach einige Salven in die Stellung. Der Rest war Aufgabe des I. Zuges. Für von Dankenfels und den II. Zug ging es jetzt nochmals 200–300 Meter tiefer ins Feindesland, bis zur dritten feindlichen Linie, dem sogenannten Reservegraben.

Immer wieder lugte von Dankenfels hinter dem A7V hervor und registrierte, wie entscheidend die Hilfe des Panzers hier war, ohne den hier sicherlich schon der Großteil seiner Kompanie ausgefallen wäre. Immer wieder schwirrten Granatsplitter, Kugeln und Schrapnelle umher, immer wieder war auch der eine oder andere Treffer zu beklagen, dennoch konnte das Gros des Zuges sich recht gut im Schutze des Stahlkolosses vorwärts bewegen. Der feindliche Artilleriebeschuss hatte mittlerweile merklich nachgelassen, auch die meisten MG-Stellungen der Gegenseite schienen verstummt zu sein – es sah also geschätzte einhundert Meter vor der letzten feindlichen Linie ganz gut aus, empfand der junge Leutnant. Plötzlich fing etwas zu knirschen und zu kratzen an: Es quietschte, knarzte, und es kam von vorne ein grässliches metallenes Geräusch. Von Dankenfels blickte um die Kante des Panzers und sah, wie sich ein Drahthindernis in den Ketten verfangen hatte. Verzweifelt versuchte er, sich einem der beiden Heck-MG-Schützen verständlich zu machen, doch es war zu spät! Der Panzer rollte noch einige Meter weiter, bis der eingeklemmte Draht die Ketten blockierte und den A7V zum Stehen brachte.

»Hundert Meter vor dem Ziel«, fluchte Meiser. Auch von Dankenfels wusste, dass es diese letzten hundert Meter in sich hatten, denn aus dem Reservegraben heraus wurden zumeist die Gegenangriffe geführt. Da die ersten beiden Linien nicht so stark besetzt waren, würde sich die Masse der Franzosen wohl im letzten Graben sammeln. Von Dankenfels verständigte sich mit dem hinteren MG-Schützen, damit dieser die Heckluke öffnete und er in den Panzer einsteigen konnte. Er wollte sich mit dem Panzerkommandanten abstimmen und von dessen leicht erhöhter Kanzel aus die Lage nochmals übersehen, bevor sie losstürmten.

Der Kommandant teilte ihm seine Wahrnehmung mit, dass rechts und links im unmittelbaren Bereich noch keine Durchbrüche erfolgt seien, sie also noch einige Minuten warten sollten, bis weitere Unterstützung eintraf, um nicht aus dem Graben heraus und in zu starkes feindliches Abwehrfeuer zu laufen. Der Panzer versuchte jetzt, wie bereits im anderen Falle zuvor, die dritte feindliche Linie stationär unter Feuer zu nehmen.

»Habe hier noch zwei feindliche MG-Stellungen ausgemacht, die Ihnen gefährlich werden können. Hoffe, unsere Munition reicht noch aus, um sie auszuschalten.«

»Gut. Sobald ihr euch verschossen habt, stürmen wir los!«, erwiderte von Dankenfels, und war schon wieder auf dem Weg zur Heckluke. Beim Sprung hinaus verschätze er sich etwas und übersah eine Bodenunebenheit, sodass er sich nach links vorne abrollen musste, anstatt gleich wieder rechts hinter dem Panzer zu verschwinden. In diesem Moment detonierte in unmittelbarer Nähe ein Geschoss, und eine Druckwelle ließ eine Erdfontäne in Richtung des Panzers schießen. Der Leutnant schrie auf, als er einen stechenden Schmerz im Arm verspürte; er schaffte es dennoch, hinter den Panzer zu springen. Ein rotglühender, vielleicht fünf Zentimeter langer Granatsplitter hatte sich durch die Uniformjacke in den rechten Unterarm gebohrt. Es brannte wie Feuer! Ruckartig versuchte er, diesen aus dem Unterarm zu ziehen. Dabei verletzte er sich an der linken Hand, wobei er vor allem am Daumen und am Zeigefinger starke Verbrennungen erlitt. »Ahh!!!«, brüllte der Leutnant mehr aus Ärger denn vor Schmerzen auf, dass er sich nochmals verletzt hatte. Flugs war aber auch schon der Sanitäter bei ihm, der ihm Unterarm und Hand verband.

»Sollen wir Sie nach hinten bringen, Herr Leutnant?«, fragte der Sani.

»Nichts da! Wir haben noch einen Kampfauftrag zu erledigen und müssen den letzten Graben erreichen und aufrollen. Hauptsache, ich kann mit der Rechten noch schießen. Sobald unser Panzer das Feuer eingestellt hat, stürmen wir los. Alles klar, Meiser?«

»Jawohl, Herr Leutnant!«, schnarrte Meiser, ohne sich dabei ein leichtes Grinsen verkneifen zu können. Es war dieser unbedingte und scheinbar unbezwingbare Wille, den von Dankenfels ausstrahlte, der mitten im brüllenden Schlachtenlärm seinen Männern große Zuversicht und Vertrauen in ihren Kommandeur verlieh, auch wenn dies sein erster Fronteinsatz überhaupt war. Der junge, aber vorbildliche Offizier beflügelte seine Männer, auch wenn sich unter ihnen einige schon länger gediente befanden. Jetzt, wo es darauf ankam, und der Tod auf jedem Meter in Lauerstellung war, merkten gerade jene mit Fronterfahrung, dass man sich auf den Baron von Dankenfels verlassen konnte.

Mittlerweile schwiegen die MG ihres A7V und auch von der Bordkanone war nichts mehr zu vernehmen. Der Leutnant schaute noch einmal rechts und links über die Kanten des Kampffahrzeuges, dann suchte sein Blick die Augen seiner Männer, so als wollte er sie nochmals persönlich packen und nach vorne mitreißen. Er nickte Meiser, mit dem er sich mittlerweile fast blind verstand, kurz zu, und schon warf er sich wieder an der Spitze des Zuges in die Schlacht. Sie rannten los und sie rannten, im wahrsten Sinne, um ihr Leben. Der Leutnant hatte den richtigen Zeitpunkt abgewartet, es schien weder feindliches MG- noch

Artilleriefeuer mehr zu geben. Dafür pfiffen ihnen jetzt merklich die Kugeln aus dem Graben entgegen. Der Kugelhagel verriet, dass von Dankenfels mit seiner Annahme, die Masse der Verteidiger hier anzutreffen, richtig lag. Noch fünfzig Meter. Immer wieder hörte er Schmerzensschreie von hinten. Er versuchte jetzt, im Zickzack zu laufen und die Laufrichtung mit kurzen Haken zu ändern. Noch dreißig Meter. Sprung in den nächsten Granattrichter, keine zwanzig Meter vor dem Graben. Umständlich schraubte er mit seiner bandagierten Hand den Verschluss von der letzten Handgranate, die er noch hatte. Ein auffälliges, langes Schwenken der Stielhandgranate sollte seinem Zug den massierten Einsatz der letzten Handgranaten bedeuten. Um Schwung zu bekommen, richtete sich der Baron auf und schleuderte seine Handgranate in hohem Bogen in Richtung feindlicher Stellung. Er wartete einige Sekunden, dann krachte es: Einmal, zweimal, dreimal …

Dann rannte er los und legte die letzten Meter in bewährter Dreisprung-Manier fast fliegend zurück, wodurch er von den französischen Verteidigern nur schwer getroffen werden konnte. Von Dankenfels vollbrachte das fast schon zirkusreife Kunststück, auf den letzten Metern aus der Bewegung heraus auf die in Abständen von vielleicht fünf Metern positionierten Franzosen zu schießen. Er traf zwei Soldaten rechter Hand, während er gleichzeitig etwas rustikal – vielleicht auch, weil das Schießen aus dem Lauf heraus doch nicht so einfach war und er sich etwas verschätzt hatte – mit dem Stiefel gegen den Helm des französischen Soldaten trat. Mehr auf diesen fallend, denn in den Graben springend, landete er in einer fast schon etwas grotesk wirkenden Szene rücklings hinter dem Franzosen, der von dem

Tritt ins Land der Träume geschickt wurde. Kaum, dass von Dankenfels rücklings im Graben lag, warf sich von der anderen Seite ein Franzose mit aufgepflanztem Bajonett auf ihn und versuchte, ihn zu durchbohren. Dem entging der Leutnant nur durch eine blitzschnelle Seitwärtsdrehung. Das Bajonett fuhr direkt neben dem Baron tief in die Erde, da sein Gegner den Stoß mit voller Wucht geführt und sich förmlich mit seinem Gewehr auf von Dankenfels hatte fallen lassen. Dieser konnte den Franzosen aber mit beiden Beinen wegstoßen, was ein kurzes Straucheln in die Gegenrichtung bewirkte; noch halb im Liegen kam der Leutnant zum Schuss. Das Projektil fuhr dem Getroffenen unterhalb des Kinns in den Schädel und ließ ihn augenblicklich zusammenbrechen. Der Schuss dürfte aber wiederum den kurz weggetretenen Franzosen geweckt haben, der sich nun auf den Leutnant stürzte und versuchte, ihm seine Pistole zu entringen. Durch das absonderliche Ringen in dem dafür wenig geeigneten Graben entglitt dem Kastrup-Offizier seine Waffe, worauf er dem Franzosen einen Faustschlag versetzte und ihn in den Schwitzkasten nahm. Dieser versuchte sich nun nach vorne zu bewegen, um sich aus dem Würgegriff zu lösen, wodurch es von Dankenfels aber gelang, ihn von hinten erst recht in einen guten Griff zu bekommen und ihm vollends die Luft zu rauben. Mit seinem Knie spürte der Leutnant plötzlich seine Pistole unter sich.

In Panik versuchte sich der Poilu aus seinem Würgegriff zu befreien und versetzte dem Leutnant einen Kopfstoß nach hinten, der ihn schmerzhaft auf der Nase traf. Der Nasenstüber löste den Würgegriff und der Franzmann wollte wohl nun seinerseits des Deutschen habhaft werden und versuchte, vom Boden hochzukommen. Plötzlich wurde er von vorne getroffen und sank wieder in seine Ausgangsposition zurück. Mehr aus einem instinktiven Impuls denn aus einer bewusst gewollten Handlung heraus, griff Hans von Dankenfels nach seiner Pistole und feuerte in den Graben. Auf aberwitzig kurze Distanz entwickelte sich jetzt im Graben ein Feuergefecht, bei der von Dankenfels den Vorteil eines Kugelfanges, nämlich den toten Franzosen, vor sich hatte. Dieser wurde noch zwei oder drei Mal getroffen, während von Dankenfels mit dem Rest seines Magazins zwei Gegner ausschalten konnte. Magazinwechsel! *Verflucht, es ist das letzte,* kam es dem Leutnant in einem Wimpernschlag zu Bewusstsein. Durchladen. Schon fuhr neuerlich eine Kugel in den Leib des leblosen Franzosen. Der Leutnant feuerte auf einen keine drei, vier Meter aufrecht vor ihm stehenden Franzosen zurück und traf ihn zweimal in der Brust.

»Merde«, stöhnte dieser noch, während er wie ein gefällter Baum vorneüber fiel, geradewegs auf seine dort bereits liegenden gefallenen Kameraden drauf. Vor dem Leutnant stapelten sich nun mittlerweile fünf ausgeschaltete Gegner.

Mit Gebrüll stürmte der Rest des Zuges heran. Von Dankenfels, der nach wie vor am Boden hockte, drehte sich in die andere Richtung, wo er beim Sprung in den Graben zwei Gegner hatte ausschalten können. Er sah einen Franzosen, der sein Gewehr in Richtung eines Deutschen anlegte, der gerade dabei war, in den Graben zu springen.

»DEUTSCHLAND!!!«, brüllt Meiser wie ein besessener Berserker, als er in den Graben plumpste, ohne den Franzosen rechter Hand zu bemerken, der nun nur noch abzudrücken brauchte.

Ein Schuss, ein stumpfer Schrei, und der Franzose sackte zusammen.

Meiser drehte sich um, sah von Dankenfels lächeln, der seine Pistole in der Hand hielt: »Jetzt sind wir wieder quitt, Meiser!« Mittlerweile hatten es weitere Kastrup-Soldaten in den Graben geschafft. »Meiser, Sie bewegen sich mit ein paar Mann nach rechts und ich nach links. Die Verwundeten und Angeschlagenen bleiben in der Mitte und geben ihre Handgranaten weiter.«

Meiser nickte Kowalski und dem Rest seiner ersten Gruppe zu – es waren gerade noch drei Mann übrig – und ging voraus. Meter für Meter arbeiteten sie sich wieder vor, einer den anderen deckend, Handgranaten in die Knicke schleudernd und feuernd, was ihre K98 hergaben.

Nach einem Knick spähte Meiser vorsichtig um die Ecke – nichts zu sehen. »Kowalski. Vor zur nächsten Ecke. Ich geb' dir Feuerschutz.«

Kowalski rannte los; bis zur nächsten Ecke mochten es vielleicht 15–20 Meter sein. Auf halber Strecke krachte aus dem Nichts heraus ein Schuss, Kowalski schrie auf und fiel hin. Aus einem Unterstand heraus, der von der Ecke nicht zu sehen war, stürzte sich ein Franzose mit aufgepflanztem Bajonett auf den Deutschen. Meiser visierte die Mitte des Oberkörpers über Kimme und Korn an, drückte ab und – »Klick«, kein Schuss löste sich. Der Franzose versuchte, sein Bajonett in Kowalskis Leib zu rammen, traf ihn stattdessen aber am Oberarm. »MEISER!!!«, brüllte der Gepeinigte wie ein Stück Vieh, das man zur Schlachtbank führte, in Todesangst auf. Der Gerufene lief los und explodierte förmlich auf diesen wenigen Metern, um den Kameraden zu retten. In Riesenschritten sprang er dem Bedrängten zu

Hilfe, im Lauf löste sich ein markerschütternder Urschrei, der den Gegner herumfahren ließ, als der gerade zum Todesstoß ausholen wollte. Wie eine Raubkatze beim Sprung flog Meiser dem Feinde die letzten zwei bis drei Meter entgegen, holte in der Luft aus, und bohrte ihm sein Bajonett quer durch den Hals. Es war ein schauriger Anblick, als das Blut des Franzosen fontänenartig umherspritzte und dieser, das Bajonett mitsamt Meisers Karabiner im Hals steckend, in den Unterstand hineinstürzte, aus dem er gekommen war.

Das Erstürmen des letzten Grabens, die wilde Entschlossenheit der deutschen Angreifer beim Aufrollen und Säubern des Grabens, ließ die Abwehrkraft der französischen Verteidiger schnell schwinden. Es war kein schöner Anblick, als Meisers Bajonett das Leben dieses jungen Franzosen auslöschte, half aber in diesem Abschnitt weiteres Blutvergießen zu sparen, da die Soldaten aus dem Unterstand, geschockt durch die Brutalität des Anblicks, die Gewehre wegwarfen und mit erhobenen Händen herauskamen. Dies spielte sich parallel auch in anderen Abschnitten des Grabens ab – die Moral des Gegners war gebrochen. Die letzten feindlichen Infanteristen standen hoffnungslos auf verlorenen Posten, nachdem sie erstmals der ungeheuren Wucht und Feuerkraft der neuaufgestellten deutschen Panzerwaffe gegenübergestanden hatten. Insbesondere die K-Wagen hatten für sich gesehen schon eine verheerende psychologische Wirkung, da deren bloßer Anblick den Gegner kompanieweise die Flucht ergreifen ließ. Sie erfüllten ihre Funktion als Rammböcke ganz ausgezeichnet und erwiesen sich als echte Feuerwalzen. So genügte es schon, wenn sie auch nur in die Nähe der vordersten feindlichen Linie kamen und von dort den Feuerkampf aufnahmen, um riesige Löcher in den gegnerischen Frontabschnitt zu reißen. Der Nachteil war ihr geringer Radius und ihre Schwerfälligkeit. So war bspw. ein K-Wagen der 5. Panzer-Eskadron beim Überrollen der ersten feindlichen Linie mit einer Kette in einen rückwärtigen Laufgraben gekommen und steckte sofort fest. Dennoch konnte der Großkampfwagen mit seinen 7 MG und vier Bordkanonen eine enorm wichtige erste große Lücke in diesen Frontbereich schlagen.

Dank seiner 7,7-cm-Geschütze war er den schnelleren und beweglicheren Mark IV der Briten auch deutlich an Feuerkraft überlegen, konnte deren mögliche Gegenangriffe also problemlos abschlagen und stellte somit eine echte Lebensversicherung für die eigenen Angreifer dar.

Der Leutnant begann sofort damit, die mit erhobenen Händen vor ihm stehenden Franzosen aus dem Graben heraus in den rückwärtigen Bereich eskortieren zu lassen, und konnte so binnen kürzester Zeit den Graben in beide Richtungen säubern, bis man den Anschluss an die zweite Kompanie herstellte, die sich in der Zwischenzeit ebenfalls im Graben festgesetzt hatte.

Es war Mittag geworden, und von Dankenfels spürte, wie ihm die Kräfte nach mehreren Stunden mörderischen Kampfes schwanden. Für heute, so empfand er, hatte Gevatter Hein genug geerntet. Nun rückte bereits reguläre Infanterie in großer Zahl nach, um den Durchbruch an dieser Stelle der Front abzusichern und den weiteren Vormarsch zu gewährleisten. Dazu hatten die Pioniere bereits ganze Arbeit geleistet, um nun vor allem den motorisierten Einheiten die Durchfahrt zu ermöglichen. Letzte Drahthindernisse waren entfernt, Minenkorridore abgesteckt, Kampf- und Lastwagen Gassen für deren Durchfahrt markiert worden. Eine der ersten Lastwagenkolonnen trug die taktischen Zeichen der 5. Panzer-Eskadron. Sanitätswagen nahmen die Verwundeten auf und brachten sie zum Hauptverbandsplatz.

Von Dankenfels ließ den Rest der 1. Kompanie aufsitzen, denn für ihn und seine Männer lautete der Befehl: »Verlegung nach vorne per Lastwagen, um Anschluss an die Panzerspitzen herzustellen.« Kaum waren die kampffähigen Reste der 1. Kompanie – sie war auf die Hälfte ihres letzten Zählstandes zusammengeschmolzen – auf die Lastwagen aufgesessen, nickten auch schon die ersten der völlig abgekämpften, erschöpften und vom Kampf gezeichneten Kastrup-Soldaten ein.

Trotz der unbequemen, harten Bänke und der geringen Federung der Fahrzeuge, schliefen wohl schon beim Anfahren die meisten. Das Abfallen der Anspannung, das Absinken des Adrenalinspiegels der Soldaten wirkte fast schon narkotisierend. So fiel auch Leutnant von Dankenfels, der die letzte Nacht kaum geschlafen hatte, bald in einen tiefen Schlaf, wohlwissend, dass die wenigen Möglichkeiten zum Schlafen im Kriege bestmöglich genutzt werden sollten.

Als die Sonne an diesem Februartag am späten Nachmittage verschwand, hatte das Unternehmen »Cherusker« an diesem Frontabschnitt sein Tagesziel erreicht: Die alliierte Front war auf einer Länge von rund fünf Kilometern vollständig durchbrochen, aufgerollt und gesäubert worden, sodass für das XII. Deutsche Armeekorps regelrecht ein Tor geöffnet worden war, das breit genug war, um nun ungehindert den Nachschub an Menschen und Material fließen zu lassen. Die Überraschung war geglückt, die neuen deutschen Panzerverbände bewegten sich bereits unentwegt am Rande der Argonnen Richtung Süden weiter. Die deutsche Frühjahrsoffensive 1919 hatte erfolgreich begonnen, doch das war im Vorjahr nicht anders gewesen. Bei den Landsern wollte sich deshalb noch keine Euphorie einstellen, denn das Scheitern des Unternehmens »Michael« und die Rückschläge im Sommer letzten Jahres steckten noch allen in den Knochen …

Kapitel 5: Die große Kesselschlacht

Spa, 16.2.1919

Trotz später Stunde und einem bereits überlangen Tag, war der gesamte Stab noch immer eifrig am Werk. Die Stabsoffiziere bewegten sich wie die Ameisen um den riesigen Kartentisch herum, um für die spätabends angesetzte Lagebesprechung einen exakten letzten Stand der eingehenden Meldungen der verschiedenen Truppenteile einzuzeichnen. Diese beruhten auf den Positionen der einzelnen Einheiten.

Abgeglichen werden musste das Ganze aber noch mit der letzten Luftaufklärung, die im Laufe des späten Nachmittages noch bei vollem Tageslicht gemacht wurde. Diese diente nicht nur dem Abgleich mit den Meldungen, sondern auch der Ergänzung der rückwärtigen Truppenbewegungen im Hinterland des Feindes, denn hier galt es zu erkennen, wo der Feind seine Kräfte konzentrierte und wohin sich diese bewegten.

Die Besprechung war für 22:00 Uhr angesetzt, wobei außer dem Kaiser und der OHL nur einzelne Stabsoffiziere, die unmittelbar bei der Kartenerstellung Hand angelegt hatten und daher für Rückfragen zur Verfügung stehen mussten, anwesend waren.

Als der Kaiser den Lageraum betrat, nahm alles Haltung an und salutierte in gewohnt preußisch straffer Manier, was Wilhelm III. aber eher leger, mit einem mehr angedeuteten kurzen Salut quittierte: »Machen Sie es sich bequem, meine Herren. Es war ein langer Tag, und es wird wohl auch noch eine lange Nacht werden.«

Hauptmann Model wies in den letzten Stand und exakten Frontverlauf ein und ergänzte noch einige Details, die erst in den letzten Minuten gemeldet worden waren und noch keinen Niederschlag in der Karte hatte finden können. Immer wieder wurden Model auch Zettel gereicht, die derartig aktualisierte Meldungen betrafen, welche er je nach Bedeutsamkeit auch unmittelbar in seinen Bericht einbrachte:

»Insgesamt darf am ersten Tag des Unternehmens Cherusker folgendes Resümee gezogen werden: Der rechte Arm der Zange um Verdun, gebildet vom XII. Armeekorps, ist plangemäß im Bereich von Stenay durchgebrochen. Der Durchbruch war breit genug, sodass der Nachschub vollumfänglich durchkommt. Der zweite, der linke Arm der Zange, gebildet vom IV. Armeekorps, befindet sich nach wie vor in seinem rückwärtigen Bereitstellungsraum bei Metz und soll wie geplant erst übermorgen, am dritten Tag der Schlacht, bei Pagny durchbrechen. Die beiden Arme der Zange werden sich, wenn alles hinhaut, übermorgen Abend an der Maas bei St. Mihiel vereinigen, womit der Kessel um Verdun geschlossen wäre.«

»Wie sieht es mit den rückwärtigen Bewegungen bei den Alliierten aus?«, war die erste Nachfrage des Kaisers.

»Aus den letzten, gerade entwickelten und ausgewerteten Luftaufnahmen von heute Nachmittag, zeichnet sich ein einigermaßen klares Bild ab: Das alliierte Oberkommando wirft augenscheinlich seine gesamten Reserven in Richtung des Fronteinbruches. Es lässt sich einerseits eine generelle Bewegung aus dem Großraum Paris in Richtung Verdun feststellen, andererseits aus dem in den letzten beiden Wochen massiv verstärkten Abschnitt um Verdun in Richtung Stenay«, antwortete Model.

»Also scheinen sie unseren Köder geschluckt zu haben?« Wilhelm III. blickte mit seiner Frage zu Ludendorff auf.

»Es sieht so aus«, antwortete dieser. »Schließlich haben wir ja alle Register der Täuschung gezogen, um den Feind glauben zu lassen, der Angriff würde frontal auf Verdun erfolgen. Allerdings kann dies natürlich erst morgen mit Sicherheit gesagt werden, bis jetzt sieht es aber so aus, als würden sie uns ins Netz, oder besser gesagt, in den Kessel gehen. Das Entscheidende wird natürlich sein, dass wir schnell genug sind, den Kessel bei Verdun am dritten Tage zu schließen, ohne dabei unsere Flanken zu sehr zu entblößen. Ich bin aber zuversichtlich, dass die Franzosen aufgrund der großen psychologischen Bedeutung, die Verdun für sie hat, versuchen werden, ihre gesamten Reserven in diesen Frontabschnitt zu werfen. Womit gleichzeitig für das Gros unserer Kräfte der Weg frei sein wird, um einschwenken zu können und den Stoß Richtung Norden, mit dem Ziel Kanalküste, zu führen.«

»Aber entblößen wir da nicht zu sehr den Frontabschnitt bei Verdun? Was ist, wenn die Franzosen den Kessel aufbrechen und an dieser Stelle ihrerseits einen Frontdurchbruch versuchen?«, hakte der Kaiser neuerlich nach.

»Das glaube ich nicht, Majestät«, erwiderte der Erste Generalquartiermeister des deutschen Heeres. »Wenn die Einkesselung und damit auch das Abschneiden des Nachschubs erst einmal abgeschlossen ist, kommt man aus dem Kessel nicht mehr so einfach heraus. Der Ring um Verdun kann mit wesentlich geringeren Kräften gezogen und gehalten werden, als er verteidigt wird. Wichtig ist nur, dass die Tanks im Kessel neutralisiert werden und unsere Panzerwaffe, die die Hauptlast des Angriffs trägt, unablässig in Bewegung bleibt; aber dafür werden Schörner und Dietrich schon sorgen. Der Kessel wird von außen ebenfalls nicht so schnell bedroht werden können – und selbst wenn, ...«, Ludendorff nahm sein Monokel zur Hand und klemmte es in die rechte Augenhöhle. »Selbst wenn er, anders als erwartet, schnell aufgebrochen werden würde: Was soll's? Dann ziehen wir die Front schlimmstenfalls auf die Ausgangsposition zurück. Schließlich ist die Kesselschlacht von Verdun lediglich ein Teil unseres Schlachtplanes, um das Gros der Franzosen in diesem Bereich zu binden und zugleich mit unserer Hauptmacht an ihnen vorbei einen Keil nach Norden treiben zu können. Wenn es uns gelingt«, Ludendorff fuhr mit dem Zeigestock langsam Richtung Ärmelkanal, »uns richtig zwischen Franzosen und Angloamerikaner zu schieben, werden wir Engländer und Amerikaner schlicht und ergreifend ins Meer treiben. Es wird ihnen dann nichts anderes übrig bleiben, als ihre Truppen zu evakuieren.«

»Für mich stellt sich nach wie vor die Frage, ob wir nicht versuchen sollten, genau das zu verhindern?«, brummelte Hindenburg in die entstandene Pause hinein. »Wenn unsere Panzerwaffe das Tempo halten kann, das sie am ersten Tage vorgelegt hat, wäre es möglich, die englischen und amerikanischen Kontingente komplett einzukesseln und von der Kanalküste abzuschneiden. Das wäre dann wohl das finale Cannae für sie.«

Der Kaiser, der entspannt mit vor der Brust verschränkten Armen die Lagekarte mit all ihren Einzelheiten überblickte, machte ein freundliches Gesicht, um den verehrten Heerführer, der de facto der Oberbefehlshaber war, für seine weitergehenden politischen Überlegungen zu gewinnen, was ihm noch nicht vollständig gelungen war.

»Mein lieber Marschall, dass Sie mit Tannenberg das Cannae der Neuzeit geschlagen haben, hat heute bereits Eingang in die Geschichtsbücher gefunden. Es geht aber bei der Frühjahrsoffensive primär um einen Sieg in Frankreich, der uns eine Basis dafür schaffen soll, die Franzosen in weiterer Folge als Bündnispartner zu gewinnen. Denn auch wenn wir Engländer und Amerikaner in einer gewaltigen Kesselschlacht vernichteten, wären wir, da wir über keine nennenswerten maritimen Möglichkeiten mehr verfügen, nicht in der Lage, nachzusetzen und England anzugreifen – von Amerika ganz zu schweigen. Es wird also nur möglich sein, den Krieg in Frankreich zu beenden. Darüber hinaus ist der Krieg gegen England und Amerika auf dem Seewege nicht führbar, so realistisch sollten wir sein. Und es kommt noch ein anderer Aspekt dazu, meine Herren«, der Kaiser ließ eine bewusste Pause folgen, um die Bedeutung seiner nachfolgenden Worte zu unterstreichen. »Ich denke hier einfach weiter. Neben den unmittelbaren, militärischen Überlegungen kommt eben noch der politische Aspekt dazu. Marschall von Hindenburg hat zu Recht bei anderer Gelegenheit darauf hingewiesen, dass im Kriege politische und militärische Aspekte nicht vermischt werden sollten. Hier hat er auch während des Krieges recht, der zuallererst einmal militärisch gewonnen werden muss. Sobald aber die Waffen schweigen, regiert wieder die Politik. Und das wird, das möchte ich betonen, vielleicht sehr bald sein. Wenn das Unternehmen Cherusker erfolgreich beendet werden kann – und wir alle sind von größter und berechtigter Hoffnung erfüllt –, stehen wir kurz vor dem Ende des Krieges in Frankreich, der damit auf dem europäischen Kontinent entschieden wäre. Es wäre für uns daher geradezu ideal, wenn die Engländer und Amerikaner tatsächlich – sobald sie erkennen, dass für sie in Frankreich nichts mehr zu holen ist –, sich einschiffen und ihren französischen Verbündeten im Stich lassen. Das würde es uns dann nämlich leichter machen, die Franzosen als Verbündete zu gewinnen. Denn es wäre natürlich – zumindest werden das breite Teile der französischen Öffentlichkeit so sehen – ein Verrat an Frankreich. Wir müssen daher unbedingt genau diese Linie beibehalten, um uns in die Lage zu versetzen, die Angloamerikaner zur Evakuierung zu zwingen. Das heißt:

Sie SOLLEN an der Kanalküste oder auch am Atlantik die Möglichkeit haben, ihre Truppen einzuschiffen, damit sie sich vom Kontinent zurückziehen können und hier nicht auf Positionen gedrängt werden, wo sie keinen anderen Ausweg haben, als bis zum letzten Mann zu kämpfen. Unsere Kräfte werden ausreichen, um einen Keil in die alliierte Front zu treiben und damit die Kräfte von Franzosen und Angloamerikanern zu spalten. Mit den Franzosen alleine werden wir problemlos fertig, mit den Alliierten als Ganzes sieht es anders aus.«

Hindenburg entgegnete darauf nichts, ließ aber durch ein erkennbares, längeres Kopfnicken sein Nachdenken einerseits, wie auch seine vorsichtige Zustimmung andererseits erkennen.

»Wir wollen und müssen Frankreich nach Kriegsende als Verbündeten gewinnen, denn ohne die Gallier wird eine tragfähige europäische Neuordnung nicht verwirklichbar sein. Ein schnelles und nicht mehr sonderlich schmerzhaftes Ende wird den Franzosen dazu ebenso eine psychologische Brücke bauen, wie die zu erwartende Treulosigkeit ihrer angloamerikanischen Verbündeten.«

Ludendorff spitzte etwas die Lippen und ließ ein kurzes Lächeln darüber huschen: »Mir scheint, Majestät ist bereits einen Schritt weiter als wir alle und hat sich bereits Gedanken über eine zukünftige Afrikafront gemacht, die wir ohne die Franzosen wohl nicht werden eröffnen können. Wir brauchen also nur die Kleinigkeit hier an der Westfront erledigen, bevor wir uns neuen Aufgaben zuwenden können …«, feixte der im allgemeinen eher trockene Generaloberst und löste damit bei Wilhelm III. und allen anderen Anwesenden ein breites Schmunzeln aus, das Ausdruck für die derzeit gute Stimmung in der OHL, aber auch für das gute Verhältnis des Kaisers zu seinem genialen Strategen war. Die große Lagebesprechung dauerte noch bis weit nach Mitternacht, bis alle Einzelheiten abgeklärt und die notwendigen Befehle für den nächsten Tag der Schlacht gegeben werden konnten. Die deutsche Frühjahrsoffensive, der Krieg an der Westfront, war in seine entscheidende Phase getreten.

*

Ein unsanftes, ruckartiges Bremsmanöver ließ von Dankenfels aus seinen sanften Träumen hochfahren. Draußen war es dämmrig geworden, aber noch nicht ganz dunkel. Er erkannte einige andere Fahrzeuge, bei denen abgesessen wurde; es herrschte ein hektisches Treiben. Sofort fasste er sich und gab ein heiseres »Aufwachen, Männer – wir sind da« von sich und sprang vom Lastwagen, um die Lage zu erkunden. Noch ehe er sich umsehen konnte, drang eine bekannte Stimme an sein Ohr:

»Hans! Befehl von Hauptmann Schörner. Antreten und durchzählen lassen. Unsere beiden Kompanien sollen am Waldrand Stellung beziehen und auf's Essenfassen warten.« Es war Leutnant Henschel, Kompanieführer der Zweiten.

»Sind denn die Bagagewagen schon da?«, fragte der Baron mit unüberhörbarem Schlaf in der Stimme.

»Nein. Aber sie sollen bald kommen. Wir treffen uns gleich zur Lagebesprechung in dem Bauernhaus«, antwortete Henschel und deutete mit dem Zeigefinger in Richtung eines Hauses, aus dem ein Lichtschein nach außen drang. Erst langsam erkannte von Dankenfels, dass seine Kolonne hier bei einem Gehöft Halt gemacht hatte. Neben dem beleuchteten Bauernhaus konnte er größere Stallgebäude ausmachen, unmittelbar dahinter fing der Wald an.

Von Dankenfels rieb sich die Augen: »Wo sind wir hier überhaupt?«

»Kurz vor Vouziers. Mehr als dreißig, fünfunddreißig Kilometer hinter Stenay – es scheint alles plangemäß zu verlaufen ...«

Von Dankenfels ließ seine Kompanie antreten und durchzählen. Es waren nur noch 63 Mann – fast die Hälfte fehlte also bereits! Nachdem er seinem Stellvertreter Edmayr das Kommando übertragen hatte, machte er sich auf den Weg zur Lagebesprechung. Im Hause angekommen, war Hauptmann Schörner schon von Weitem zu hören.

»Verflucht nochmal! Zwei halbe Kompanien statt einem ganzen Bataillon!? Von meiner Eskadron steht nur ein Drittel der Fahrzeuge zur Verfügung. Bis wir in St. Mihiel sind, bin ich wahrscheinlich alleine, oder was?«, polterte der Kommandeur der 5. Panzer-Eskadron. Als von Dankenfels eintrat und Meldung machen wollte, machte Schörner nur eine abwehrende Handbewegung: »Schon gut, von Dankenfels. Hab' schon gehört, dass die Hälfte Ihrer Kompanie ausgefallen ist. Das werden noch zwei verdammt harte Tage bis St. Mihiel …«. Schörner blickte von Dankenfels mit bohrendem Blick in die Augen. »Trotzdem werden wir es schaffen, weil wir es schaffen müssen!« Schörner atmete kurz durch und stützte dabei seine Hände auf den Tisch, auf dem die Karte lag.

»Henschel, von Dankenfels, ich brauche Ihre beiden Kompanien morgen wieder als Begleitkommando. Verteilen Sie ab 3:30 Uhr selbstständig Ihre Soldaten auf die Fahrzeuge. Um vier Uhr ist Abfahrt. Die Sturmpioniere bereiten derzeit alles vor, damit wir die Aire problemlos überwinden können und erkunden die Wegstrecke bis Autry, wo wir im Normalfall bis Tagesanbruch sein werden. Ab Autry werden Ihre Männer gruppenweise Stellung an strategischen Punkten beziehen, die zu halten sind, bis sie von nachrückender Infanterie abgelöst werden. Ich will bis morgen Mittag St. Menehould erreichen. Die Stadt muss besetzt werden, bevor es finster wird.« Plötzlich flog die Türe auf und ein schlaksiger Soldat mit Brille trat herein, um Meldung zu machen. »Leutnant Schmidt! Endlich! Steht die Leitung ins Hauptquartier?«

»Müssen nur noch die Endverkabelung fertigmachen, Herr Hauptmann …«, Schmidt winkte zwei Soldaten der Fernmeldeeinheit herein, die mit Gerätschaften bepackt waren.

»Dann installieren Sie hier mal alles und wenn Sie damit fertig sind, will ich noch eine Verbindung zum vordersten Posten haben, ich will morgen früh keine Überraschungen erleben. Die Sturmtruppen«, Schörner blickte auf einen Unteroffizier, »stellen eine Patrouille zusammen und begleiten Sie.« Danach wandte er sich an die versammelten Kader von Sturmtruppen, Kastrup und Panzerwaffe: »So, meine Herren, das war es ohnehin im Wesentlichen. Ich werde jetzt einmal versuchen, Verbindung zum Hauptquartier zu bekommen, um von dort den letzten Stand zu erfahren. Nutzen Sie nebenan das Wohnzimmer als Offiziersmesse, wenn Sie wollen.«

Henschel, von Dankenfels und die restlichen Offiziere und Unteroffiziere, mit Ausnahme der eifrig werkelnden Fernmelder, salutierten und traten ab. Leutnant von Dankenfels ging zuerst nach draußen, um seine Kompanie zur Befehlsausgabe antreten zu lassen. Gerade erkundigte er sich nochmals nach den Bagagewagen, da die Männer nach den Strapazen des heutigen Tages dringend etwas Essbares brauchten, als er diese trotz mittlerweile völliger Dunkelheit anrollen sah. Von Dankenfels beschränkte die Befehlsausgabe daher auf die notwendigsten Angaben für den morgigen Tag, hatte aber eines nicht vergessen, als er vor seinen Männern stand. In Linie zu drei Gliedern standen sie da: Hungernd, frierend, abgekämpft, erschöpft und gezeichnet von einem mörderischen Tag.

»Männer, heute fehlen viele von denen, die gestern noch bei uns waren. Unsere Gedanken sind bei jenen, die Eingang in die große Armee gefunden haben, und bei jenen, die jetzt in den Lazaretten liegen. Ihr Opfer – unsere Verpflichtung!«

Ohne dass die Order dazu gegeben worden wäre, stimmte die Kompanie das Lied vom Guten Kameraden an. Leise, fast geflüstert; mit einer inneren Anteilnahme, wie sie nur ein Soldat haben kann, der seinen Kameraden ins ewige Leben verabschiedet …

*

Der tiefe und erholsame Schlaf fand sein jähes Ende, als der Wachhabende die von den Offizieren als Schlafsaal benutzte Stube betrat und das Licht anmachte. Rasch fertiggemacht und notdürftig gefrühstückt, dann ging es auch schon hinaus in die Kälte, von der man drinnen gottlob für einige Stunden verschont geblieben war. Es war stockdunkel und erst als sich von Dankenfels über den Hof zu den Stallungen bewegte, registrierte er den leichten Schneefall, der den hartgefrorenen Boden unangenehm rutschig machte. In den Stallungen angekommen, machte Edmayr ordnungsgemäß, wenn auch mit verschlafen-heiserer Stimme, Meldung. Die Kompanie hatte in den Stallungen im Heu die Nacht verbracht, wodurch trotz der Minusgrade keiner der Soldaten frieren musste; dem Leutnant war bewusst, dass sie es in den nächsten Tagen wahrscheinlich nicht immer so glücklich erwischen würden. Nach dem Appell wurden sogleich die Gruppen für die Fahrzeuge neu eingeteilt, was nach den Ausfällen des gestrigen Tages notwendig geworden war. Danach ging es auch schon mit der zweiten Kompanie unter Leutnant Henschel gemeinsam zur Fahrzeugkolonne. Die Kastrup-Begleitmannschaften wurden den ersten zehn A7V zugeteilt, die zusammen mit zwei Austro-Daimlern, die als Spähfahrzeuge eingesetzt wurden, die Spitze der Kolonne bildeten. Nachdem die Einteilung vorgenommen war und alle darauf warteten, einzusteigen und abzufahren, hielt von Dankenfels einen Moment inne. Es war diese gespenstische, fast quälende Ruhe vor dem Sturm, bevor das Morgengrauen die Furien des Krieges erneut entfesseln würde. Über Nacht war es ruhig geblieben, doch für den Morgen wurde der Gegenangriff an der Stelle des Frontdurchbruches erwartet. Es war ein Moment der absoluten Stille in der stockfinsteren Nacht, und der Baron hatte das Gefühl, das Auftreffen der Schneeflocken am Boden hören zu können …

Doch der Moment währte nicht lange: »Aufsitzen«, hörte er es von vorne leise weitersagen, und der Befehl wurde wie eine Fackel von der Spitze ans Ende der Kolonne weitergereicht. Wenig später starteten die ersten Motoren, und nach einer kurzen Phase des Warmlaufens rollten die Führungsfahrzeuge los. Dankenfels war ganz vorne, im vierten oder fünften Panzer eingestiegen, und stand nun in der Eingeengtheit, an die man sich nicht so recht gewöhnen mochte, und harrte der Dinge, die der zweite Tag der Schlacht für ihn und seine Soldaten bringen sollte.

Während es im stockdunklen Innenraum des A7V rasch wärmer wurde, versuchte sich von Dankenfels Details der

Karte und des Schlachtplans ins Gedächtnis zu rufen: Zuerst galt es, für die Kolonne den von den Sturmpionieren vorbereiteten Übergang über die Aire westlich von Granpré anzusteuern. Nachdem die Aire hier eher ein Bach denn ein Fluss war, sollte dies kein Problem darstellen. Danach würden sich die Panzerspitzen zwischen linkem Aisne-Ufer und Argonnerwald in Richtung Süden bewegen.

Es war kaum eine halbe Stunde vergangen, da bemerkte der Leutnant, wie das Fahrzeug langsamer wurde und schließlich stehen blieb, bei laufenden Motoren. *Ob das schon die Aire ist?,* fragte er sich. Da sich der A7V für zwei oder drei Minuten nicht vom Fleck bewegte, zugleich aber auch die Motoren weiterliefen, fühlte sich von Dankenfels in seiner Annahme bestärkt, als sich der stählerne Koloss dann ganz langsam weiterbewegte. Wahrscheinlich war es mit einer so großen Fahrzeugkolonne nicht so einfach, ein derartiges Manöver durchzuführen, dachte er sich. Er war natürlich auf seine Intuition angewiesen, denn es fehlte ihm in der Dunkelheit des Innenraumes ja jegliche Wahrnehmungsmöglichkeit für die Außenwelt. Man merkte in diesem höllisch heißen und lauten Stahlungetüm gerade einmal, ob es fuhr oder nicht. Veränderungen der Geschwindigkeiten oder Veränderungen des Terrains bemerkte man eher indirekt am Motorengeräusch.

Etwa zehn bis fünfzehn Minuten hielt der Zustand an, in dem das Kampffahrzeug mehrfach stehenblieb, sich langsam ein Stückchen fortbewegte, um gleich wieder zu halten. Danach bewegte sich der Sturmpanzerwagen mit normaler Geschwindigkeit, sprich Schrittgeschwindigkeit weiter; von Dankenfels war sich nunmehr sicher, dass sie gerade die Aire überquert hatten. Es würde also noch ein

Weilchen dauern, bis es für seine Gruppe Zeit wäre, auszusteigen, um von den Saunatemperaturen im Kampffahrzeug zu den Minusgraden im Freien dieses Februarmorgens zu wechseln.

Der Leutnant musste sich beim Abschätzen der Zeit auf seine innere Uhr verlassen, denn die Dunkelheit verwehrte ihm die exakte Zeitablesung von seiner Armbanduhr. Wie viele andere kleine und große Dinge, waren auch die Armbanduhren im Laufe des Krieges aufgetaucht, da sie sich im Gefecht praktischer als die Taschenuhren erwiesen hatten, obwohl letztere natürlich schöner waren …

Der Schweiß tropfte Hans von Dankenfels von der Stirn und er fragte sich, wann wohl aufgrund der extremen Temperaturunterschiede die ersten Fälle von Lungenentzündung in seiner Kompanie auftreten würden. Nach geschätzten anderthalb Stunden war es soweit: Der Panzer hielt an, und das Kommando »Aussteigen!« wurde weitergegeben. Die hintere Panzerluke wurde geöffnet und gab den Blick auf den nach wie vor anhaltenden leichten Schneefall frei. Die mittlerweile geschlossene Schneedecke ließ den Tag, der noch nicht so recht anbrechen wollte, nicht so stockdunkel erscheinen, wie er es in Wirklichkeit war. Der Leutnant ließ gerade kontrollieren, ob alles an Ausrüstungsgegenständen am Mann war, als sich eine wie Espenlaub zitternde Gestalt, weiß wie ein Schneemann, ihm seitlich näherte.

»U-u-unteroffizier Ridderskamp m-m-meldet …«, stotterte der Schneemann.

»Schon gut, Unteroffizier«, unterbrach ihn der Leutnant, der nicht unbedingt fünf Minuten auf eine korrekte Meldung warten wollte. »Meine Gruppe ist schon draußen, ich übernehme sofort den Posten, dann können Sie mit Ihrer Gruppe einsteigen. Besondere Vorkommnisse?«

»Keine, Herr L-l-leutnant …«, stammelte der unterkühlte Ridderskamp.

»Gut. Meiser – Abmarschbereitschaft hergestellt?«

»Jawohl, Herr Leutnant! Gerät aufgenommen, Abmarschbereitschaft hergestellt.«

»Ohne Tritt, Marsch. Mir folgen«, und schon setzte sich die Gruppe in Richtung Waldrand in Bewegung. Dort, etwa 300–400 Meter von der Straße entfernt, leicht erhöht zwischen einer Baumgruppe, zeichneten sich die Umrisse von mehreren Stahlhelmen ab. Die allesamt fröstelnden Soldaten waren heilfroh, als sie ihren Unteroffizier mit der Ablöse daherstapfen sahen. Nach einer kurzen Einweisung wurde der Posten übergeben und Unteroffizier Ridderskamp, der mit seiner Gruppe immerhin die ganze Nacht hier ausgeharrt hatte, marschierte zähneklappernd ab.

In der Erdmulde lag allerlei Astwerk, mit dem die Soldaten versucht hatten, sich wohl so etwas wie eine Sitzgelegenheit zu schaffen. Im Winter auf Posten zu stehen war für keinen Soldaten angenehm. An der Ostfront und im Hochgebirgskrieg an der Südfront gab es enorme Ausfälle durch Erfrierungen. Ganz so schlimm war es hier nicht, aber Temperaturen, die deutlich unter null lagen, konnten einen im Freien schon zusetzen. Einer der wenigen Tricks gegen die Kälte war die Verwendung von Nadelbaum-Ästen, die eine gute Unterlage bildeten, vorausgesetzt, man hatte welche in Reichweite. In den Argonnen, die hauptsächlich von Stechpalmenbüschen bewaldet waren, wäre das schon ein außerordentlicher Glücksfall gewesen. Mittlerweile hatte sich die Fahrzeugkolonne längst wieder in

Bewegung gesetzt. Von Dankenfels erkannte, bei immer noch äußerst bescheidenen Sichtverhältnissen, wie eine kleinere Anzahl von Fahrzeugen ausscherte, während sich das Gros weiterbewegte. Die Spitze der Kolonne war ohnehin nicht stehengeblieben und wohl schon um einiges weiter vorne, immer in Richtung Süden vorstoßend.

Der vorgeschobene Beobachtungsposten war mit Bedacht gewählt worden, da man von hier einen guten Überblick Richtung Süden, Westen und Norden hatte. Vor ihnen, im Westen, lag Autry, wohin nun eine Handvoll Fahrzeuge abbog, um es zu besetzen. Hinter ihnen war der Argonnerwald. Neben der Beobachtung des Vorfeldes, war es auch Auftrag der Gruppe von Dankenfels, im Wald in einem Radius von maximal drei Kilometern auf Patrouille zu gehen.

Deutscherseits rechnete man vielleicht heute im Laufe des Tages, auf jeden Fall aber morgen mit Feindkontakt. Die Wahrscheinlichkeit, dass der Franzose durch den Argonnerwald stoßen würde, war gegeben, sobald er die deutschen Einkesselungsabsichten erkennen würde. Nachdem der Leutnant über das Feldtelefon die Ablöse des Postens vermeldet hatte, wandte er sich zu seinem Stellvertreter: »Meiser, Uhrenvergleich: Es ist 6:00 Uhr.«

Plötzlich brüllte in der Ferne Geschützdonner auf. »Die Furien des Krieges sind pünktlich erwacht, Herr Leutnant.«

»Der erwartete Gegenstoß bei der Fronteinbruchsstelle. Soweit, so vorhersehbar. Warten wir ab, was der heutige Tag noch bringt. Ich gehe gleich mit der ersten Patrouille mit, um mir ein bisschen die Beine zu vertreten, die Ablöse wird wohl nicht vor neun kommen. Übernehmen Sie einstweilen das Kommando hier, Meiser.«

Von Dankenfels, der nun auch die Kälte spürte, nickte den beiden Soldaten, die zuerst auf Patrouille zu gehen hatten, aufmunternd zu: »Los Männer, wir gehen ein bisschen spazieren.«

Die unter den Bäumen nur sehr dünne Schneedecke knackte unter ihren Füßen, als sie sich langsam in den dunklen, gespenstisch wirkenden Wald vortasteten. Von Dankenfels sinnierte über die Frage, wie schnell die Franzosen ihre Bewegung erkennen würden und ihnen in die Flanken stoßen könnten. Die Gefahr war, so schätzte er die Lage ein, jedenfalls gegeben, dass dies aus Richtung Argonnerwald geschehen könnte.

Nach einer dreiviertel Stunde kam Leutnant von Dankenfels mit der Patrouille wieder zum B-Posten zurück. »Habe ich irgendetwas versäumt, Meiser?«, fragte der Leutnant und bemerkte, dass es über der freien Fläche nun schon etwas heller geworden war.

»Vormarsch scheint planmäßig vonstatten zu gehen, der Strom an Fahrzeugen aller Art reißt nicht ab. Im einsehbaren Bereich bislang keine Kampfhandlungen bemerkbar. Autry scheint ohne Widerstand besetzt worden zu sein.«

»Dann wird wohl bald die Infanterie nachrücken. Geben Sie mir mal den Feldstecher, Meiser.« Der Leutnant nahm den großen Feldstecher, der ihnen vorher bei der Ablöse übergeben worden war, und versuchte, sich einen Überblick zu verschaffen. Der erwachende Morgen gab eine endlos erscheinende Kolonne frei, die sich Richtung Süden wälzte. Mit dem Feldstecher konnte er in der Ferne Autry erspähen. Beim längeren, angestrengten Beobachten nach Norden, also Richtung Vouziers, konnte er – noch ganz klein – die ersten Soldaten heranmarschierender Infanterie erkennen. Diese würden Autry besetzen oder auch gleich weitermarschieren, denn das nächste Etappenziel hieß Vienne-le-Château. In jedem Fall würde die nachrückende Infanterie sie auf ihrem Posten ablösen. Auch die übrigen Kastrup-Gruppen waren an strategischen Punkten abgesetzt worden, um den Vormarsch nachrückender Truppen und Fahrzeuge flankierend zu sichern. Mit dem Vormarsch sollten sie dann von nachrückender Infanterie abgelöst und mit Lastwagen eingesammelt und wiederum zur Panzerspitze gefahren werden, um Schörner als Begleitkommandos zur Verfügung zu stehen. Von Dankenfels war gespannt, ob das, was sie in den letzten Monaten zigmal geübt hatten, nun im Ernstfall so reibungslos wie im Übungsfall funktionieren würde. Es schneite nicht mehr und langsam trat das Morgenlicht durch die Schleier des zweiten Schlachtentages. Durch den unablässigen Motorenlärm, das Quietschen von Kettenfahrzeugen, aber auch das Klappern von Pferdfuhrwerken, die zuerst Artilleriegeschütze, im Laufe des Vormittags aber auch immer mehr Nachschubgüter aller Art nach Süden brachten, konnte man nur selten den Donner von der rückwärtigen Front vernehmen. Der Leutnant und seine Männer betrachteten staunend die nicht enden wollende Kolonne. Die Dynamik, die von solch einer Masse an Mensch und Material ausging, war bemerkenswert; sie strahlte eine unwiderstehliche Siegeszuversicht aus, die jeden Zögerlichen mitzureißen in der Lage war wie ein reißender Fluss. Die Kastrup-Soldaten brauchten nicht mehr mitgerissen zu werden, sie waren selbst ein bewusster und freiwilliger Teil dieses Stromes eines deutschen Armeekorps; und wie jeder Strom ans Ende will, so wollten sie ihren Teil der Aufgabe erfüllen und wenn möglich noch mehr, als sie zu leisten imstande waren. Schon warteten sie gespannt in ihrer Beobachterstellung, nachdem ihnen über die Drahtverbindung die Ablöse für 10:00 Uhr angekündigt worden war.

Fünf Minuten vor der Zeit scherte ein Lastwagen aus der Kolonne aus und verlangsamte die Fahrt. Von Dankenfels sprang aus der Erdmulde und ging einige Schritte vor. Der Wagen hielt an, ein Mann kletterte heraus und bewegte sich wieselflink auf den Leutnant zu.

Dieser gab der Ablöse eine kurze Einweisung, worauf sich die Gruppe von Dankenfels' und die mittlerweile vom Lastwagen abgesessene Ablöse im Laufschritt über die Freifläche bewegten und in weniger als einer Minute ihre Positionen getauscht hatten. Der aufgeplante Daimler-Lastwagen wartete mit laufendem Motor. Meiser ließ die Gruppe hinten aufsitzen, während sich von Dankenfels ins Führerhäuschen setzte. Ein kurzes Handzeichen von Meiser, und der Zweitonner rollte weiter.

»Wohin geht die Reise?«, fragte der Leutnant zur Sicherheit den Fahrer.

»Vienne-le-Château, Herr Leutnant«, kam die Antwort aus dem Munde eines Pfälzers und die Aussprache des Ortes war demgemäß mehr »Pälzisch« als Französisch. »Mir misse doh noh a paar Kollesche vu Ihne ufsammle, Herr Leutnant«, sprudelte es aus dem Fahrer heraus.

Hans von Dankenfels, der als baltischer Adelsspross aufgrund seiner Erziehung ein besonders klares Hochdeutsch sprach, das kaum von der Schriftsprache abwich, musste schmunzeln. *Das war zwar keine militärisch korrekte Meldung, dafür aber umso unterhaltsamer*, dachte er und blickte gespannt nach vorne.

Schon bald war ein liegengebliebener A7V zu sehen, an dem sich aber bereits die Mechaniker zu schaffen machten, denn es stand ein Werkstattwagen daneben. Ein Anblick, der sich im Laufe der Fahrt immer wieder zeigen sollte, was die Kolonne insgesamt nur sehr langsam vorankommen ließ, da es auf den engen Straßen zumeist sehr schwierig war, ein liegengebliebenes Fahrzeug zu umfahren. Auch gab es für den wesentlich schnelleren Daimler-LKW in den seltensten Fällen einmal Möglichkeiten, zu überholen, wodurch dieser im Endeffekt auch kaum schneller als mit Schrittgeschwindigkeit unterwegs war. So dauerte es über eine Stunde, bis Vienne-le-Château in Sichtweite kam und damit der nächste Posten, den es mitzunehmen galt. Bislang war noch nichts von unmittelbaren Kampfhandlungen zu bemerken gewesen, obgleich sie bereits die Hälfte des heutigen Tagesziels erreicht hatten. Kurz vor der Ortseinfahrt von Vienne-le-Château kam die Kolonne zum Stehen. Augenscheinlich war dem Nachschub hier Halt befohlen worden, denn am Ortsrand war eine große Anzahl von Fahrzeugen zu sehen. Darunter auch die besonders wichtigen Tankwagen, ohne die ein Weiterfahren der motorisierten Einheiten unmöglich war. Der A7V besaß zwar mit 30 bis 70 Kilometern einen größeren Einsatzradius als der Mark IV und der Renault FT-17, dennoch erforderte dies bei schnellen und tiefen Vorstößen ins Hinterland eine perfekte Planung bezüglich der Kraftstoffversorgung. Kampffahrzeuge und Truppentransporter wurden von Soldaten, die den Verkehr regelten, weitergelotst. Derartige Lotsen waren unerlässlich, um den Nachschub am Fließen zu halten, und wurden nicht nur bei Staus oder wie hier in den Ortschaften eingesetzt, sondern auch, sobald für die

Fahrer unübersichtliche und gefährliche Hindernisse auftraten. Durch den Schneefall war der durchfrorene Boden rutschig geworden, sodass immer wieder Unfälle passierten oder Fahrzeuge von der Fahrbahn abkamen. Hier mussten dann sofort Soldaten eingeteilt werden, um die Gefahrenstellen für nachkommende Fahrzeuge zu markieren.

Im Ort selbst war es nicht zu übersehen, dass hier in den ersten beiden Kriegsjahren heftige Kämpfe stattgefunden hatten. Mindestens der halbe Ort lag in Ruinen. »Wissen Sie, wo wir hinmüssen?«, fragte von Dankenfels.

»Jawohl, Herr Leutnant, zur Abzweigung nach Varennes-en-Argonne!«, antwortete der Fahrer aus der Pfalz. Was von Dankenfels natürlich auch wusste, aber er wollte es noch einmal so richtig schön auf »Pälzisch« hören.

An der Abzweigung sah er auch schon Edmayr mit einer Gruppe warten, augenscheinlich waren sie schon abgelöst worden. Man konnte aber vorne in Richtung Waldrand sehen, dass dort Geschütze in Stellung gebracht und Truppen massiert wurden. Der Leutnant stieg aus und rief nach Edmayr, der daraufhin sofort mitsamt seiner Gruppe im Laufschritt antrabte. »Los, Aufsitzen lassen, Edmayr, wir wollen Hauptmann Schörner nicht warten lassen, es ist gleich zwölf Uhr!« Nachdem die Gruppe hinten aufgesessen war, zwängte sich nun auch noch der Feldwebel vorne hinein, was ziemlich einengend war. »Jetzt aber Vollgas«, sagte der Leutnant, »lange mag ich hier nicht so eingequetscht sitzen. Hat sich bei euch was getan, Edmayr?«

»Jawohl, Herr Leutnant. Der Auftrag unseres Spähtrupps war es, sich entlang der Straße bis zur Mitte des Waldes vorzuarbeiten. Kurz bevor wir umdrehen wollten, sind wir auf eine berittene französische Patrouille gestoßen.«

»Und?« Der Leutnant hob die Augenbrauen.

»Kurzer Schusswechsel. Dabei hab i an Franzosen den Gaul unterm Hintern weggschossn. Den hama glei mitbracht, der wird grad verhört.«

»Vielleicht war es auch eine Aufklärungseinheit. Auf jeden Fall wissen sie jetzt, wo wir sind, und wahrscheinlich werden sie bald begreifen, dass wir sie einkesseln wollen.« Von Dankenfels runzelte die Stirn.

»Bis de des überreissen, ham mir den Sack schoh zuagmacht, Herr Leutnant – glaubn's ma's!«

»Ihr Wort in Odins Ohr, Edmayr …«, antwortete der Leutnant auf Edmayrs optimistische Einschätzung.

»Wer?« Edmayr setzte einen etwas belämmerten Gesichtseindruck auf.

»Passt schoh …«, antwortete nun von Dankenfels mit bemüht bayrischem Idiom. Man musste ihn schon gern haben, diesen schrulligen bayrischen Feldwebel …

Schon bald nach Vienne-le-Château war klar, dass die Kolonne hier abgerissen war und nicht so schnell nachkommen konnte. Darüber hinaus hatte Edmayr erzählt, dass vorher noch befohlen worden war, an der Abzweigung nach Varennes einen Sperrriegel zu bilden. Das lag auf der Hand, denn durch den Vorfall mit der Patrouille wussten die Franzosen, dass die Deutschen dort anzutreffen waren. Doch der deutsche Vormarsch entlang der Argonnen Richtung Süden dürfte spätestens jetzt den Franzosen nicht mehr verborgen geblieben sein. Das einigermaßen klare Wetter war für Aufklärungsflüge zwar nicht optimal, aber ausreichend. Der Daimler konnte nun auf vollen Touren laufen, und sie trafen bis St. Menehould nur noch vereinzelt auf eigene Kräfte. Je mehr man sich dem Ort näherte, um so angespannter wurde die Atmosphäre. Bei der Lagebesprechung hieß es, spätestens hier sei mit Feindberührung zu rechnen, da über die Stadt an der Aisne auch Nachschubwege Richtung Verdun liefen. Es war daher von wesentlicher Bedeutung, die Brücke und den Bahnhof heute noch, das hieß bei Tageslicht in die Hand zu bekommen, um einerseits den französischen Nachschub abzuschneiden und andererseits morgen die letzte und wohl schwerste Etappe nach St. Mihiel zurückzulegen.

Immer wieder trieb von Dankenfels den Fahrer an, um endlich den Treffpunkt, eine Straßenkreuzung kurz vor St. Menehould, zu erreichen. Der Leutnant behielt seine Armbanduhr im Auge: Es war mittlerweile ein Uhr.

Es ging in eine schlingernde Kurve, und der Wagen rutschte fast von der Fahrbahn. Die Spannung der drei Männer, was sie hinter der Kurve erwarten mochte, war zum Greifen nahe.

»Da sind sie!«, rief von Dankenfels, als sie auf einer leichten Erhebung angekommen waren.

»Soll des alles sein?«, brachte Edmayr es auf den Punkt. Es waren nämlich nicht mehr als fünf A7V zu sehen – und Schörners Kommandantenfahrzeug fehlte.

Von Dankenfels stieg aus, um Verbindung zu einem der Panzerkommandanten aufzunehmen, als aus Richtung St. Menehould ein Austro-Daimler heranraste. Das musste Schörner sein … Beim Herannahen war zu sehen, dass das Fahrzeug wohl Feindkontakt gehabt hatte, da es von zahlreichen Einschusslöchern und -dellen übersät war. Kaum hatte das Fahrzeug angehalten, sprang auch schon der Kommandeur der 5. Panzer-Eskadron herab. »Ah, von Dankenfels. Wenigstens auf Sie ist Verlass. Aber wo ist denn der Rest Ihrer Kompanie? Wo ist die 2. Kastrup-Kompanie und wo sind die Sturmpioniere?«

»Ich verfüge nicht einmal über Zugsstärke. Im Zeitraum der letzten Stunde, auf der Fahrt von Vienne-le-Château hierher, sind uns nicht mehr als eine Handvoll Fahrzeuge begegnet, Herr Hauptmann.«

»Verdammt, das dauert doch alles viel zu lange! Wir müssen da jetzt rein, bevor es finster wird. Ich bin gerade fast bis ins Ortszentrum vorgefahren. Da scheint nur Infanterie drinnen zu sein, also könnten wir es auch mit fünf Panzern riskieren. Wenn wir es nicht augenblicklich tun, können die sich gemütlich auf die Verteidigung einrichten, und uns werden hier zu viele Kräfte gebunden.« Schörner machte ein verbissenes Gesicht und schlug sich immer wieder mit der Faust in die Handfläche.

»Dann riskieren wir es, Herr Hauptmann«, sagte der Leutnant mit fester Stimme.

»Nur das wollte ich hören, von Dankenfels.« Schörners Augen funkelten. »Verteilen Sie ihre Männer gleichmäßig auf die Panzer. Ist der Fahrer in der Lage, eine wichtige Meldung zu übermitteln?«

Von Dankenfels zögerte etwas: »Nun ja, er ist …«

»Na, was ist er? Raus mit der Sprache?«

»… er ist aus der Pfalz.«

»Hopfen und Malz – Bayrisch Pfalz!« Schörner schlug sich mit der Hand auf die Stirn. »Nein, dann braucht er einen zuverlässigen Begleiter.«

»Feldwebel Edmayr!«, erschallte von Dankenfels' Ruf an den noch immer im Fahrzeug sitzenden Kameraden. Edmayr sprang zackig aus dem Wagen und nahm Haltung vor den beiden Offizieren an.

»Edmayr! Ja, Sie sind meine Rettung; ein Mensch, der meine Sprache spricht.« Schörner klopfte dem Feldwebel freundschaftlich auf die Schulter: »Sagen's den Haderlumpen – auf gut bayrisch, so dass sie's verstehen, dass ich ihnen den Arsch aufreiße bis zur siebten Rippe, wenn nicht sofort alle verfügbaren Kräfte binnen einer Stunde hier sind. Wir bewegen uns einstweilen in Richtung Ortszentrum und versuchen, den Bahnhof und die Aisne-Brücke zu besetzen und zu halten.«

»Jawohl, Herr Hauptmann! So dass s'es verstehn!«

Von Dankenfels konnte sich ein breites Grinsen nicht verkneifen, ging aber trotzdem in der Zwischenzeit schon zum LKW, um die Soldaten absitzen zu lassen. Gerade als Edmayr mit dem leeren Daimler losbrauste und der Leutnant die Männer auf die A7V verteilen wollte, rumpelte ein anderer Lastwagen daher: Es war Leutnant Henschel, der, die Laderampe vollgepfercht mit Soldaten, fast in Zugsstärke daherkam. Schörner strahlte: »Dann kann's ja losgehen! Aufsitzen und Abfahrt!«

Rasch wurden die Männer von Henschel auf die hinteren drei Panzer aufgeteilt, jene von Dankenfels' auf die vorderen beiden. Nach kurzer Fahrt fielen bereits die ersten Schüsse, was umgehend von den Bordwaffen der Panzer beantwortet wurde. Offensichtlich waren die Franzosen durch den Ausflug des Hauptmanns aufgeschreckt worden, denn sie hatten sich bereits am Ortsrand formiert. Schörner schien jedoch mit seiner Einschätzung Recht zu haben, dass es sich dabei nur um Infanterie handelte, denn neben Einzelfeuer bemerkte man nur zwei MG, die die Panzer wirkungslos bestrichen. So konnte die Panzerspitze der 5. Eskadron relativ ungehindert in Richtung Ortsmitte vordringen, da sie auf keinerlei Sperren oder Artillerie stieß. Wie vereinbart trennten sich die beiden Gruppen, nachdem das Kommandofahrzeug in Richtung Bahnhof abbog und ihm die Dreiergruppe mit Henschels Truppe als Begleitkommando folgte, die beiden anderen A7V aber geradeaus weiterrollten. Nach Schörners vorheriger Einweisung führte die Ortseinfahrtsstraße geradewegs zur Brücke über die Aisne. Im Ortszentrum war momentan nichts von Feindkräften zu sehen, und nach zwei Straßenkreuzungen war bereits die Brücke erreicht. Der Höllenlärm und die Erschütterungen, die die Panzer bewirkten, schienen die Stadt wie leergefegt zu haben, auch wenn man überall verängstigte Blicke förmlich spüren konnte. Der erste Panzer fuhr auf die massive Steinbrücke auf, überquerte diese, um am anderen Ende Stellung zu beziehen. Dabei scheuchte er noch ein Pferdefuhrwerk vor sich her, das den A7V offensichtlich erst auf der Brücke beim unmittelbaren Herannahen registriert hatte. Der zweite Panzer, in dem sich Hans von Dankenfels befand, blieb am anderen Brückenende stehen, sodass die Brücke von beiden Seiten her gesperrt war. Sofort stieg die Gruppe des Leutnants aus und verteilte sich auf der Brücke und um die Brücke herum. Das MG der Gruppe wurde in der Brückenmitte postiert, um von hier aus die Ufer der Aisne unter Feuer nehmen zu können, was von Dankenfels auch der zweiten Gruppe befahl, womit die Brücke gegen mögliche Angriffe von den Ufern der Aisne her in beide Richtungen sehr gut verteidigt werden konnte. Nachdem die Brücke gesichert war, wurde vorsichtshalber noch nach Sprengladungen gesucht, die vielleicht versteckt oder auch noch kurz zuvor hastig verlegt worden waren. Nach drei oder vier Minuten gab Meiser, der als ausgebildeter Pionier mit derartigen Fällen Erfahrung hatte, dem Leutnant Entwarnung. Es wäre auch unwahrscheinlich gewesen, dass die Franzosen die Brücke so schnell hätten verminen können, zu überraschend war das Auftauchen der deutschen Einheiten; aber Vorsicht ist bekanntlich die Mutter der Porzellankiste, was im Kriege natürlich dreimal gilt. Schließlich war es von strategischer Bedeutung, dass die massiv gebaute steinerne Brücke, über die offensichtlich auch mühelos ein deutscher Sturmpanzerwagen fahren konnte, unversehrt in ihre Hände fiel. Gleiches galt natürlich für den Bahnhof; auch er sollte nach Möglichkeit unversehrt bleiben, um in weiterer Folge dem deutschen Vormarsch zu dienen. Gerade als von Dankenfels auf den A7V klettern wollte, um vom erhöhten Standpunkt aus vielleicht in Richtung Bahnhof spähen zu können, pfiffen ihm mehrere Kugeln um die Ohren. Instinktiv ließ er sich von der dritten oder vierten Aufstiegssprosse fallen, rollte sich flach ab und robbte hinter die circa einen Meter hohe Brüstung, die die Fahrbahn der Brücke auf beiden Seiten einsäumte. Neben ihm war Meiser, der praktischerweise schon das Scherenfernrohr zur Hand hatte und damit über die Brüstung nach der Quelle des Beschusses spähte. Augenscheinlich hatten sich die Franzosen im Ortszentrum neu formiert und nahmen nun die Brücke unter Feuer. Das war für die Kastrup-Soldaten an sich nicht beängstigend, da die Brüstung eine ausgezeichnete Deckung bot und die Feuerkraft der beiden Sturmpanzerwagen an den Brückenenden mit jeweils sechs MG, einem lMG und einer 5,7-cm-Kanone ausreichen sollte, um mit einem ganzen Jäger-Bataillon fertig zu werden. Man befand sich also in einer guten, gesicherten Schussposition, um auf den

Angriff, der aus dem Süden der Stadt kam, wirkungsvoll zu antworten. Gerade deswegen deutete von Dankenfels mit der flachen Hand, unten zu bleiben, und befahl: »Feuer frei erst auf meinen Befehl«. Zudem entsandte er Meiser zu den Panzerkommandanten, damit diese die Angreifer ebenfalls herankommen lassen sollten. Von Dankenfels konnte durch das Scherenfernrohr beobachten, wie sich die Franzosen entlang des linken Aisne-Ufers in Richtung Brücke vorarbeiteten, während das Feuer aus Gewehrläufen stetig zunahm und auch mehrere MG in den Beschuss mit einstimmten. Dennoch blieb alles auf deutscher Seite in Deckung und niemand bekam einen »nervösen Finger«, obwohl einem der zunehmende Beschuss sehr viel Nervenstärke abverlangte. Auch vom Bahnhof her konnte man nun heftigen Gefechtslärm vernehmen, wobei hier hörbar größere Kaliber zum Einsatz kamen.

Die für die Kastrup-Soldaten relativ ungefährlichen Versuche der Franzosen, sie unter Beschuss zu nehmen, hielten minutenlang an, ohne dass es dabei auf deutscher Seite zu Verlusten gekommen wäre. Erst als die Franzosen auf Handgranatenwurfweite herangekommen waren und die ersten Eierhandgranaten beim Sturmpanzerwagen detonierten, wurde es für von Dankenfels und seine Männer brenzlig, da die Handgranaten zwar dem A7V nichts ausmachten, aber natürlich auf der Brücke entsprechende Wirkung unter den ungeschützten Soldaten gehabt hätten. Doch anstatt genau das zu versuchen, stürmten die Franzosen ungestüm und etwas voreilig voran, geradezu den deutschen Verteidigern vor die Gewehrläufe. Auf diesen Moment hatte der Leutnant gewartet, als er nun mit seiner Pistole 08 zu schießen begann und damit das Abwehrfeuer der Deutschen auslöste. Im Bruchteil einer Sekunde brach nun aus den beiden MG, zwei Dutzend Gewehrläufen und den in Schussposition befindlichen MG der Panzer ein gezielter Feuerüberfall los, der den französischen Angriff auf der Stelle erstarren ließ. Die Feuerkraft der Maschinengewehre auf kürzeste Distanzen war verheerend, die ergänzende Treffsicherheit der K98 tat ein Übriges, um eine ganze französische Kompanie förmlich mit einem Schlage auszulöschen. Der Krieg kannte kein Erbarmen, die deutschen Verteidiger mit den französischen Heißspornen auch nicht. *Das war fast zu einfach*, schoss es dem Leutnant mitten im adrenalingesteuerten Kriegsgetümmel durch den Kopf; und er drehte sich instinktiv um und schreckte hoch: Da bewegte sich etwas auf die Brücke zu! Von Dankenfels nahm den Feldstecher zur Hand – kein Zweifel: Aus der entgegengesetzten Richtung des französischen Angriffs kam ein Panzerfahrzeug rasch näher. Entfernung vielleicht 700–800 Meter. Sofort stürmte der Leutnant zum Einmannloch des Panzers, das zum Zwecke der Verbindungsaufnahme nicht verriegelt war, und brüllte dem dort positionierten Melder seine Beobachtung ins Ohr, während drinnen die feuernden MG einen Höllenlärm verursachten. »Meldung an den Kommandanten: Renault-Tank am linken Flussufer aus nördlicher Richtung im Anmarsch. Entfernung ca. 700.«

Sekunden nach dieser Meldung des Leutnants brüllten die Motoren des A7V auf, und der Panzer, der mit dem Geschütz voraus in der Auffahrt zur Brücke stand, machte nun mit einem Mal einen Satz von lediglich einigen Metern nach vorn, um sich dann auf der Stelle mit Hilfe des Kettendifferenzials um 90° zu drehen. Aus dieser abrupten und für den Stahlkoloss sehr schnellen Bewegung heraus, feuerte der Sturmpanzerwagen auf den mittlerweile auf 400–500 Meter herangekommenen Renault FT-17: Volltreffer am Turm! Der Franzose ging in Flammen auf!

Nun tauchten allerdings wie aus dem Nichts drei weitere Renault-Kampffahrzeuge auf und nahmen den A7V unter Beschuss: Einer, der aus einer Seitengasse kurz vor dem brennenden Tank auf die Uferstraße einschwenkte, ein zweiter, der auf der Zufahrtsstraße zur Brücke heranfuhr, und ein dritter aus der Richtung des zurückgeschlagenen französischen Angriffs.

Der erste Franzose feuerte, doch sein Geschoss krepierte einige Meter vor dem deutschen Sturmpanzerwagen, der das Feuer mit seiner Bordkanone erwiderte – und traf! Wieder ein Volltreffer in den Turm! Doch fast zeitgleich schlug ein Feindgeschoss in sein Heck ein. Dennoch konnte sich der A7V um 90° drehen und feuerte nun auf den zweiten Franzosen-Tank, der von vorne auf ihn zurollte, und traf ihn am Fahrwerk. Der feindliche Tank war dadurch zwar bewegungs-, aber nicht kampfunfähig gemacht.

Fieberhaft versuchte der deutsche Geschützführer nachzuladen, als es passierte: Ein Geschoss traf den Kampfwagen frontal und durchschlug den A7V an seiner Schwachstelle, an einem der vorderen Sehschlitze. Die Geschützbedienung war auf der Stelle tot.

Jetzt feuerte auch der dritte Renault-Tank, der weiter vorangerollt war, und verpasste nun aus 300 Metern Entfernung dem bereits schwer getroffenen deutschen Kampffahrzeug den Fangschuss. Das Geschoss durchschlug die seitliche Panzerung und krepierte im Innenraum – der A7V stand sofort in Flammen! Der dritte Renault FT-17 rollte weiter auf die Brücke zu und drohte, dem zweiten A7V, der immer noch in der Sperrposition am anderen Brückenende verharrte, in den Rücken zu fallen.

Von Dankenfels schrie noch nach Meiser, um die Besatzung zu warnen, doch es war zu spät. Bis Meiser den zweiten deutschen Panzer erreicht hätte, würde der Franzose bereits in Feuerstellung sein. Der befand sich nur noch 50 Meter vor der Brückenauffahrt und verringerte bereits etwas das Tempo, um sich zwischen die kleine Lücke zwischen der Brüstung und dem brennenden A7V durchzumanövrieren. In diesem Moment tauchte der Austro-Daimler aus dem Ortszentrum auf; er fuhr mit einem Höllentempo, das die Höchstgeschwindigkeit des Fahrzeuges von 45 km/h sicherlich überstieg, ebenfalls auf die Brücke zu. Die Szene, die sich hier innerhalb von nur wenigen Sekunden abspielte, ließ selbst die kampfgestählten Frontschweine mit einem oder mehr Jahren Fronterfahrung den Atem anhalten. Denn aus einem unerfindlichen Grund – gerade fronterfahrene Soldaten verfügten oft über eine Art von sechstem Sinn – blieb der französische Tank keine zehn Meter vor der Brückenauffahrt stehen und drehte seinen Turm in Richtung des heranrasenden deutschen Panzerwagens. Noch ehe sich einer der mit offenen Mündern das dramatische Geschehen beobachtenden Kastrup-Soldaten die Frage stellen konnte, wie die Besatzung des Renault das deutsche Kampffahrzeug bemerkt haben könnte, hatte sich der Geschützturm in dessen Richtung gedreht. Doch praktisch im selben Moment, als er den daherdonnernden deutschen Panzerwagen ins Visier genommen hatte, krachte dieser mit einem ungeheuren Knall ungebremst in den FT-17. Obwohl der Austro-Daimler nur ein Zweieinhalbtonner und der kleine Franzosenpanzer ein Siebentonner war, reichte die Beschleunigung aus, um den schweren Franzosen-Tank über das Ufer zu drücken und in die Aisne zu stoßen. Die enorme Aufprallwucht zerquetschte die Vorderfront des Austro-Daimler förmlich und ließ den Rest des Fahrzeuges in einem Zustand zurück, der dem einer zerdrückten »eisernen Ration« ähnelte. Die Soldaten, die fassungslos das Geschehene mit verfolgten, starrten minutenlang auf den völlig zerstörten Panzerwagen. Plötzlich wurde mit einem Ruck die Wagentüre aufgestoßen, die dabei mit einem Knacken aus den Aufhängungen sprang und auf die Straße fiel. Ein etwas verdatterter Schörner schaute mit einer blutenden Platzwunde am Kopf heraus: »Ka Minuten kann man euch allein lassen«, fluchte der leicht lädierte Pour-le-Mérite-Träger, als er sich aus der zerquetschten Blechbüchse herauszwängte.

Kaum, dass der drahtige Bayer und dann auch die restliche Besatzung dem Austro-Daimler – oder dem, was davon übrig war – entstiegen waren, brauste neuerlich ein Panzerwagen die Straße herunter und hielt vor dem Wrack. Schörner grinste breit: »So muss das funktionieren! Ersatzwagen steht schon nach einer Minute bereit …«

Nach und nach kamen nun endlich die Verstärkungen an, besetzten auch den Bahnhof und säuberten die Stadt noch vor Sonnenuntergang. Bahnhof und Brücke von St. Menehould waren unbeschädigt in deutsche Hand gefallen, der zweite Tag der Schlacht war erfolgreich geschlagen.

*

Für Leutnant von Dankenfels gab es wiederum nur geringfügige Erholung. Bereits um Mitternacht sollte es weitergehen. Nachdem Henschel beim Kampf um den Bahnhof gefallen war, wurden die Reste der 1. und 2. Kompanie unter von Dankenfels' Kommando zusammengelegt. Von Dankenfels bekam den Auftrag, mit einem Spähtrupp die linke Flanke des morgigen Vormarsches nach St. Mihiel entlang der südlichen Ausläufer des Argonnerwaldes zu erkunden. Anschließend daran sollte seine Kompanie zusammen mit Sturmtruppen in diesen Bereich vorrücken, um am nächsten Tag die linke Flanke zu sichern. Die Reste der beiden Kastrup-Kompanien hatten in der Summe die Sollstärke einer Kompanie, die in zwei Züge, mit Meiser und Edmayr als Zugkommandanten, formiert wurden.

Schlag Mitternacht marschierte die Kompanie los, eine Kompanie Sturmtruppen sollte eine Stunde später folgen. Als sie nach einer knappen halben Stunde Marsch den letzten Vorposten der deutschen Linien erreichten, wurden die beiden Züge gruppenweise aufgelöst. Die Gruppen sollten sich nun, wie die Perlen auf einer Kette, nach vorn bewegen, ohne dabei den Kontakt zueinander zu verlieren, zugleich aber auch genug Abstand zueinander haben, um die Geräuschentwicklung möglichst gering zu halten. Nächtliche Aufklärungsunternehmen in unbekanntem Terrain, ohne zu wissen, wo der Feind stand, zählten sicherlich zu den größten infanteristischen Herausforderungen, die im Normalfall von besonders befähigten Stoßtrupps übernommen wurden; dem wollte natürlich weder eine Kastrup-Einheit als solche noch von Dankenfels persönlich nachstehen. Der Baron hatte schon als Kind ausgeprägte Fähigkeiten entwickelt, sich bei völliger Dunkelheit fortzubewegen, was bis zu einem gewissen Grad natürlich auch Übung war, da sich das Auge umso schneller und besser an die

Dunkelheit anpasst, wenn es ständig mit wenig Licht auskommen muss. Nachtmärsche und nächtliche Übungen haben daher eine wichtige Funktion in der militärischen Ausbildung. Diese Nacht war von den Sichtverhältnissen durchaus für ein derartiges Unternehmen geeignet, da der Mond genug Restlicht hergab, das zudem noch von der verbliebenen dünnen Schneedecke reflektiert wurde, was sogar noch für die Bewegung im Wald ausreichend war, ohne eine zusätzliche Lichtquelle zu benötigen. Gut eine Stunde war die Kompanie, Gruppe auf Gruppe folgend, nun den südlichen Ausläufern des Argonnerwaldes entlang marschiert, ohne dass sich Nennenswertes ereignet hätte. Die Lichtquellen der weiter entfernten Städte im französischen Hinterland, an denen man sich anfänglich noch grob orientieren konnte, waren erloschen oder nicht mehr zu sehen. Es war kalt, aber nicht mehr so knackend kalt wie die Nächte zuvor; schon morgen wohl würde vom Schnee nichts mehr zu sehen sein. Plötzlich wurde die Meldung von hinten nach vorne, bis zur Spitze der ersten Gruppe, wo sich der Leutnant befand, weitergereicht: »Verbindung abgerissen!«

Von Dankenfels hatte bei der Befehlsausgabe für diesen Fall die klare Anweisung gegeben, dass zu warten war, bis die Verbindung zwischen den Gruppen wieder hergestellt war – es hieß also stehenzubleiben, bis die Nachkommenden wieder den Anschluss gefunden hatten. Der Leutnant sondierte kurz die Lage und stellte fest, dass die Stelle, an der die erste Gruppe zum Stehen gekommen war, eigentlich einen ganz brauchbaren Sammelpunkt abgab. »Meiser!«, sagte er leise zu seinem Zugkommandanten, während er Stahlhelm, Tornister und Koppel abnahm. »Die Senke hier ist gut als Sammelpunkt für mindestens einen Zug geeignet. Geben Sie die Meldung nach hinten, dass, sobald die Verbindung zwischen den Gruppen wieder hergestellt ist, nachgerückt werden soll, um hier Stellung bis zum weiteren Vormarsch zu beziehen. Ich versuche, mich in der Zwischenzeit etwas vorzuarbeiten und aufzuklären, was hinter der Geländekante liegt.«

»Jawohl, Herr Leutnant. Verbindungsaufnahme?«, flüsterte der neben ihm stehende Meiser fast.

»Dreimal der Ruf des Waldkäuzchens. Sehen Sie den großen, in der Mitte abgeknickten Baum?«

»Gefunden, Herr Leutnant.«

»Gut. Denn das ist ein markanter Punkt, den man auch von der anderen Seite wird sehen können. Ich bewege mich an dem Baum vorbei hinaus und auf dem selben Wege wieder zurück.« Der Kastrup-Offizier hatte während des Gespräches mit Meiser das Bajonett vom Koppel abgenommen und in seinen Stiefel gesteckt, was Meiser etwas verwundert beobachtete. »Man kann ja nie wissen, ob nicht irgendwo der böse Wolf lauert«, feixte er. Wortlos und ohne weitere Order entfernte sich von Dankenfels von seinen Männern. Seiner Einschätzung nach mussten sie die Ausläufer des Argonnerwaldes bald verlassen haben und auf völlig freie Fläche vorstoßen. Spätestens hier, oder vorher bei Feindkontakt, sollten sie Stellung beziehen und auf den Vormarsch der Panzerspitzen warten.

Hans von Dankenfels arbeitete sich in halb geduckter Stellung langsam, mit aufs äußerste gespannten Sinnen, von Baum zu Baum, von Deckung zu Deckung, an die Geländekante vor. Immer wieder blieb er kurz stehen, verharrte und verlangte seinem Hörsinn maximale Leistung ab. Da er nie ein Stubenhocker gewesen war und die freie Natur und insbesondere den Wald liebte, verstand er sich bestens darauf, Geräusche im Dunkeln einzuordnen. Im Gegensatz zu anderen Teilen des Argonnerwaldes, die von Kampfhandlungen arg in Mitleidenschaft gezogen worden waren, war dieser Teil noch dicht bewaldet und verfügte über reichlich Wildbestand. Auf deren »Geleitschutz« verließ er sich jetzt, wenn sich im Zustand seines lautlosen Verharrens etwas bemerkbar machte – beispielsweise ein Waldkäuzchen rief oder ein Reh aus dem Unterholz hervorbrach. Dann wusste er, dass er sich relativ gefahrlos wieder weiterbewegen konnte, da eventuell lauernde feindliche Soldaten von derartigen Geräuschen abgelenkt werden würden. Schnell fand der Leutnant sein Tempo und glitt durch den Wald. Schon hatte er die Geländekante erreicht und ging von einer geduckten nun in noch flachere Haltung über. Die letzten Meter robbte er ganz vorsichtig voran, immer damit rechnend, dass von der anderen Seite der Höhenlinie Gefahr lauern könnte und er im ungünstigsten Fall im Schussfeld des Gegners landen könnte, ohne diesen überhaupt zu erkennen. Von Dankenfels wagte es kaum zu atmen, um sich nur ja nicht bemerkbar zu machen. Zentimeterweise schob er sich nun nach vorn, angespannt bis zum Äußersten, als plötzlich aus dem Nichts »irgendetwas« wenige Zentimeter vor seiner Nase vorbeihuschte, das der Leutnant als Fuchs identifizierte. Von Dankenfels musste innerlich lachen, während der Moment äußerster Anspannung wieder verflog. *Ein Fuchs? Wenn das mal kein gutes Omen ist ... Hoffentlich werden wir auch so schlau sein wie die Füchse, dann werden wir jeden Krieg gewinnen.* Nach dieser Schrecksekunde bewegte sich der

Baron wieder weiter nach vorn und konnte nun endlich über die Bodenerhebung auf die dahinter liegende Seite des Waldes spähen. Nachdem er auf der anderen Seite nichts Verdächtiges erblicken konnte, arbeitete er sich weiter vorwärts in Richtung einer kleinen Kuppe, die, so schien es, einen geeigneten Aussichtspunkt abgeben könnte. Zudem war nun der Wald lichter geworden, sodass von Dankenfels sich nun zielstrebig auf die Kuppe zubewegte. Dort angekommen, robbte er wieder vorsichtig nach oben, zugleich nach einem brauchbaren Beobachtungspunkt suchend. Tatsächlich markierte die Kuppe bereits den Waldrand, und auf der anderen Seite breitete sich die Ebene aus.

Was der Leutnant hier sah, ließ ihn – wie kurz zuvor bei der Begegnung mit dem Fuchs – neuerlich den Atem anhalten. Augenscheinlich spielten sich hier vor seinen Augen größere Truppenmassierungen ab. In einer Distanz von vage geschätzten zwei bis drei Kilometern konnte von Dankenfels eine Vielzahl von Fahrzeugen ausmachen, die sich größtenteils im Zustand der Ruhe befanden, jedoch auch vereinzelte, sich bewegende Lichtkegel und deutlich vernehmbare Motorengeräusche. Er konnte beobachten, wie sich Fahrzeuge aus mehreren Richtungen auf die Truppenansammlung zubewegten. Aufgrund der Dunkelheit und der Entfernung vermochte er die Fahrzeuge nicht näher zu unterscheiden, rein akustisch konnte er jedoch keine Kettenfahrzeuge wahrnehmen. Offensichtlich wurden hier, unweit der Umrisse von einer Handvoll Häuser, in deren Mitte ein Kirchturm herausragte, umfangreiche Truppenmassierungen vorgenommen. Der Leutnant beobachtete die ganze Szenerie circa eine Viertelstunde lang, bis er sich ein einigermaßen vollständiges Bild gemacht hatte bzw. auch feststellen musste, dass unter den gegebenen Lichtverhältnissen auf diese Entfernung auch nicht mehr auszumachen war. Nun galt es, eiligst den Rückweg anzutreten und dafür zu sorgen, dass diese wichtige Information sofort nach hinten zum Befehlsstand Schörners weitergegeben wurde. Auf halben Wege zwischen Kuppe und Geländekante, passierte es: Urplötzlich gab der leicht schneebedeckte Boden unter seinen Füßen nach und er brach im Astwerk über einer Grube ein. Ein lautes Krachen der berstenden Äste begleitete seinen Sturz in die kleine Erdmulde; der Baron fiel unsanft, aber nicht wirklich tief auf sein Hinterteil, und saß im ersten Moment etwas verdattert da. Während er noch überlegte, ob diese Grube natürlichen Ursprungs oder eine Falle war, vernahm er auch schon mehrere schnelle Schritte in der Dunkelheit. *Nichts wie weg hier*, schoss es ihm durch den Kopf. Als er sich aufrichtete, um aus der Mulde raus zu kommen, fuhr ihm von hinten unsanft ein Gewehr in den Rücken und eine nasalierende Stimme brüllte dazu: »Haut les mains!«

Von Dankenfels wusste, dass er sich jetzt schnell etwas einfallen lassen musste, um aus dieser misslichen Lage wieder herauszukommen.

»Il est un boche?«, fragte nun plötzlich eine zweite Stimme von vorne und hielt ihm ebenfalls ein Gewehr unter die Nase.

Wenn es nur eine Patrouille ist, habe ich eine Chance – aber nur wenn alles ganz schnell geht, dachte der Baron; er rief völlig unvermittelt: »Je ne suis boche: Je suis Américain! I'm an american soldier!«

Im Gegensatz zu seinem alten Herrn hatte er für das Kartenspiel nichts übrig, in dieser Situation jedoch, das war ihm in seiner Suche nach einer Lösung sofort klar geworden, half nur eines: Bluffen!

»In diesem Bereich stehen keine amerikanischen Einheiten«, herrschten ihn die Poilus bedrohlich an. Er war sich sicher, dass er mit seinem Englisch, das er auf durchschnittlichem Konversationsniveau beherrschte, bei den Franzosen durchkommen könnte, waren die doch bekannt für ihre Fremdsprachen-Aversion.

»Ich bin Pilot des US-Army Air Service. Ich musste gestern Nachmittag notlanden und habe mich durch den Argonnerwald geschlagen, um die eigenen Linien zu erreichen.«

Die Tatsache, dass sich die Franzosen darüber berieten, was mit dem vermeintlichen Ami zu tun sei, verriet dem Leutnant, dass sie den Köder geschluckt hatten. Nun galt es, weiterhin die Initiative zu ergreifen, um die Franzosen dorthin zu bringen, wo er sie durch blitzschnelles und entschlossenes Handeln überwältigen konnte. Es war natürlich ein Glück, dass er den verräterischen deutschen Stahlhelm kurz vorher abgesetzt hatte, dennoch durfte er sich keiner genaueren Untersuchung stellen, die ihn als deutschen Soldaten zu erkennen gegeben hätte. Er saß immer noch in dieser vielleicht einen Meter tiefen Mulde, die wohl sehr wahrscheinlich eine Falle dieser französischen Patrouille war.

Vorsichtig versuchte er, sich aufzurichten, und stieß einen Schmerzensschrei aus: »My leg, my leg! I can't move my leg!«, brüllte der Leutnant und war verblüfft ob seiner auf einmal vorhandenen schauspielerischen Qualitäten, auch wenn sein Oxford-Englisch alles andere als amerikanisch klang. Er ließ sich wieder zu Boden in die Mulde sinken und fasste sich schmerzverkrümmt an sein rechtes Bein. Den Aufforderungen der Franzosen, nun ebenfalls in schlechtem Englisch an ihn gerichtet, er möge aufstehen und aus der Grube kommen, antwortete er immer wieder mit schmerzverzerrtem Stöhnen, dass sein Bein wohl gebrochen sei. Von Dankenfels hatte sich so in der Grube positioniert, dass seine Arme das angewinkelte rechte Bein umfassten, stets darauf bedacht, das Bajonett in seinem Knobelbecher vor den französischen Soldaten zu verbergen. Flehentlich streckte er seine linke Hand immer wieder in Richtung der beiden französischen Soldaten, währenddessen er sich innerlich bereits die Situation, auf die er hinarbeitete, vorstellte, um sie im entscheidenden Moment genauso ablaufen zu lassen. Dem Leutnant war mittlerweile sonnenklar geworden, dass er die beiden Franzosen dazu bringen musste, ihn gleichzeitig aus der Grube zu ziehen, denn nur dann würden sie ihre Gewehre ablegen, um beide Hände frei zu haben. Und nur dann könnte er diesen einen entscheidenden Moment für sich nutzen. So misslang auch, durch von Dankenfels' tatkräftige »Mithilfe«, der erste Versuch des vor ihm stehenden Franzosen, seine linke Hand zu ergreifen, um ihn aus der Grube zu ziehen. Der eigentlich so gar nicht wehleidige Baron vermochte es immer besser, seine Schmerzenslaute den Franzmännern wie die Anklage eines von ihnen selbst Gepeinigten vorzuhalten. Nach minutenlangem Jammern, Stöhnen und Betteln und letztendlich sehr überzeugend wirkenden Schmerzenslauten, trat dann endlich exakt jene Situation ein, auf die der Deutsche gehofft hatte: Beide Franzosen versuchten, ihm nun von links und von rechts aus der Erdmulde herauszuhelfen. Der Poilu zu seiner Linken hatte zu guter

Letzt sein Gewehr doch noch abgelegt, um ihn mit beiden Händen an seiner Linken zu fassen, während der zweite Franzose versuchte, ihn mit seiner Linken unter den rechten Arm zu fassen und herauszubekommen, behielt aber das Gewehr in seiner Rechten. Genau das war der Moment, auf den von Dankenfels hingearbeitet hatte und den er im Bruchteil einer Sekunde für sich nutzen musste. Im Moment der ersten fühlbaren Anstrengung rechter und linker Hand zog der Leutnant blitzschnell das Bajonett und stach es dem Franzosen zu seiner Linken, der ihm mit offener Brust zugewandt war, in die Herzgegend. Noch im selben Moment, als sich der kalte Stahl durch den Brustkorb bohrte, vollführte der Leutnant eine blitzschnelle Bewegung in Richtung des zweiten Franzosen, bekam diesen mit der linken Hand am Hals zu fassen und zog ihn zu sich heran. Noch ehe dieser »merde« sagen konnte, hatte die rechte Hand des Deutschen das Bajonett aus Franzmann Nr. 1 schon wieder herausgezogen, und durchtrennte in einer fließenden Bewegung die Kehle von Franzmann Nr. 2.

Ruht in Frieden, Kameraden – der Krieg ist für uns alle grausam. Der Leutnant hielt noch für einen Moment inne und machte sich dann auch schon wieder auf den Rückweg zu den eigenen Kameraden.

Er überlegte kurz, er ob er einen Meldegänger einsetzen sollte, verwarf den Gedanken aber schnell, da ihm klar war, dass er seine bedeutsame Beobachtung Schörner persönlich vortragen musste. So gab er seinem stellvertretenden Kompanieführer Sepp Edmayr nur eine kurze Einweisung und den Befehl, an der Geländekante Stellung zu beziehen. Im Eilmarsch ging es dann zurück zu Schörners Befehlsstand, den er nach nicht einmal einer Stunde erreichte.

*

Der aus dem Schlaf gerüttelte Schörner brauchte nicht lange, um die Beobachtungen des baltischen Barons richtig einzuordnen: Die vor ihnen zusammengezogenen französische Kräfte könnte man von zwei Seiten aus angreifen und rasch überwinden. Sofort beorderte er alle verfügbare Infanterie, insgesamt in Bataillonsstärke, nach vorn, um über die Kuppe angreifen zu können, sobald die Kampfwagen heranrollten.

So kam es, dass die sich gerade formierende französische Truppe in der Morgendämmerung des dritten Tages des deutschen Vormarsches überrumpelt und überrollt werden konnte. Damit war die Voraussetzung für das Erreichen des besonders wichtigen Tagesziels geschaffen: das Erreichen von St. Mihiel. In hurtigen, wenn auch immer wieder heftigen Kämpfen wurden die alliierten Kräfte aus dem Weg geräumt – oder umgangen, nämlich dort, wo Schörner die Gefahr sah, sich festzubeißen.

Am Nachmittag war St. Mihiel in Sichtweite und schon bald war klar, dass die sichtbaren Truppenbewegungen aus westlicher Richtung am anderen Ende der Stadt tatsächlich der zweite Arm der Zange waren. Da die Stadt feindfrei war, ließ Hauptmann Schörner es sich nicht nehmen, an der Spitze seiner 5. Panzer-Eskadron in St. Mihiel einzurücken. An der großen Brücke in der Ortsmitte traf er auf den Kommandeur der 8. Panzer-Eskadron, worauf sich die beiden bayrischen Haudegen in die Arme fielen.

Der deutsche Heeresbericht: Einkesselung von Verdun abgeschlossen, Vormarsch nach Westen geht weiter.

Großes Hauptquartier, 18. Februar. Westlicher Kriegsschauplatz: Am dritten Tag der Frühjahrsoffensive konnte der deutsche Vormarsch planmäßig fortgesetzt und weitere große Geländegewinne gemacht werden. Nach dem großen Durchbruch an der Westfront bei Stenay gelang es, den Großraum Verdun vollständig einzukesseln, nachdem sich die Spitzen der beiden deutschen Armeen in St. Mihiel vereinigt hatten. Die Hauptlast dieses großangelegten Umfassungsmanövers trugen die gepanzert-motorisierten Verbände, allen voran die 5. Panzer-Eskadron und das 2. Kastrup-Panzerbegleitbataillon. Im Kessel sind nun mehrere feindliche Armeen eingeschlossen. Darüber hinaus konnte auch der Vormarsch in Richtung Westen fortgesetzt werden.
Der Erste Generalquartiermeister
Ludendorff

Kapitel 6: Paris!

Westfront, 20.2.1919

Ein strahlendblauer Himmel soweit das Auge reichte, aber es herrschte auch eine entsetzliche Eiseskälte dort oben in stolzen 4 000 Meter Flughöhe. Der dichte Pulk von Flugzeugen mit dem Balkenkreuz bewegte sich ruhig und gleichmäßig auf seinem Flug Richtung Westen. Aufgrund des schnellen deutschen Vormarsches der ersten drei Tage, hatte man bereits lange Anflugwege zu den vorpreschenden deutschen Panzerspitzen. Um zwölf Uhr waren die Flieger mit ihnen vor Reims »verabredet«, dort, wo sich die Franzosen hinter dem Fortgürtel sammelten, um einen weiteren deutschen Vormarsch Richtung Paris aufzuhalten. Diesen galt es nun, mit der überlegenen deutschen Feuerkraft auf seine Standhaftigkeit hin zu testen. Die Betonung lag auf testen, denn in Wahrheit war diese kombinierte Luft-Boden-Operation, die wie ein Donnerblitz aus dem Nichts kommen und ebenso schnell wieder verschwinden sollte, nur ein Ablenkungsmanöver, damit der Vormarsch des I. Armee-Korps in Richtung Kanal beginnen konnte. Die nachkommende schwere Artillerie sollte sich dann weiter mit dem Sperrriegel befassen, dessen Zentrum Fort Brimont bildete. Denn so hatte es der geniale Stratege Ludendorff ersonnen, dass nach dem Durchbruch bei Stenay und neben der Zangenbewegung um Verdun herum die Hauptstoßrichtung zuerst gegen Paris gerichtet sein sollte. Dies allerdings nur soweit, bis sich ernsthafter Widerstand formieren würde, um dann Richtung Norden förmlich einen Haken zu schlagen.

Nachdem das Wetter der letzten Tage die Fliegerei praktisch zur Untätigkeit verdammt hatte, dem Gegner die Luftaufklärung unmöglich machte und damit die eigenen Absichten zu einem Gutteil verschleierte, meinte es der Wettergott am dritten Tage des Unternehmens Cherusker auch mit den Rittern der Lüfte gut und ließ sie ihren Anteil am großen Ringen haben. In Windeseile war am Tag nach dem Frontdurchbruch bei Vouziers ein neuer, improvisierter Feldflugplatz angelegt worden. Heute Morgen, beim ersten Tageslicht, war das 3. Jagdgeschwader von seinem bisherigen Stützpunkt, weit hinter Stenay, nach und nach gestartet und hierher verlegt worden. Sofort wurde aufgetankt und aufmunitioniert, und um elf Uhr Ortszeit starteten bereits die ersten Maschinen wieder, da auf dem kleinen Flugfeld nur zwei Maschinen gleichzeitig starten oder landen konnten. Die Flugdauer von Vouziers nach Reims betrug in etwa eine halbe Stunde. Die Distanz vom alten Standort wäre zu groß gewesen für einen Flug, da es undenkbar war, ohne Feindberührung hin und wieder zurück zu kommen, waren die alliierten Luftstreitkräfte doch rein zahlenmäßig deutlich überlegen. Zudem erwarteten sie den Feind über dem eigenen Gebiet. Das gesamte 3. Jagdgeschwader sowie Teile des von ihm eskortierten 9. Schlachtgeschwaders befanden sich hier in der Luft; und seit dem gerade erfolgten Überfliegen der bisherigen Frontlinie war eigentlich jede Minute mit feindlichen Angriffen zu rechnen. Es war vereinbart worden, dass die Schlachtfliegerstaffeln dann sofort auf 1 000 Meter heruntergehen und die Jäger den Luftkampf aufnehmen bzw. nach Möglichkeit auch noch den Angriff der Schlachtflieger (hauptsächlich Ju CL.I) decken sollten. Der Angriff der Schlachtflieger sollte sich primär gegen feindliche Artilleriestellungen richten und ziemlich zeitgleich mit dem der Kampfpanzerwagen erfolgen, während die eigene Artillerie bereits im Laufe des Vormittages mit der Bekämpfung der französischen Batterien begonnen hatte.

Es handelte sich hierbei um ein taktisches Vorgehen, das bislang nur in Theorie und Manöver, seit der Neuaufstellung der deutschen Panzerwaffe jedoch noch nicht an der Front erprobt worden war. Die Panzerkräfte spielten bei der Entscheidungsschlacht im Westen – und um nichts anderes handelte es sich beim Unternehmen Cherusker – die tragende Rolle: Durch massierte, konzentrierte und vor allem schnelle Panzerangriffe wurde der starre Stellungskrieg an der Westfront aufgebrochen und überwunden. Tief ins feindliche Hinterland stießen die motorisierten Verbände nun plötzlich vor, die anderen Waffengattungen mitreißend. Die deutsche Taktik während der Frühjahrsoffensive 1919, mit der aus dem Stellungskrieg schlagartig ein Bewegungskrieg wurde, war revolutionär. Durch die Konzentration und das schnelle koordinierte Zusammenwirken aller Waffengattungen war man in der Lage, die Unterlegenheit von Mensch und Material auszugleichen. »Klotzen, nicht Kleckern«, hatte der Schöpfer der deutschen Panzerwaffe, Oberst Guderian, bei der ersten Erörterung seiner Vorstellungen im Großen Hauptquartier als Leitsatz ausgegeben. General Ludendorff hatte scherzhaft von der Mjölnir-Taktik gesprochen; auch wenn diese Bezeichnung nie den Eingang in die Lehrbücher fand, so brachte sie doch die Dinge anschaulich auf den Punkt, denn wie der Hammer des Donnergottes sollte eine massive Konzentration aus der vereinten Feuerkraft von Panzerfahrzeugen, Sturmartillerie und Schlachtfliegern blitzartig die gegnerische Front zerbersten lassen – und zwar möglichst an ihrer schwächsten Stelle. Diese Taktik lebte vom Überraschungsmoment und von der Führung von vorne, denn nur dort konnte sofort auf eine Schwachstelle des Gegners reagiert werden. Von entscheidender Bedeutung war aber auch das Zusammenwirken mit der Fernmeldetruppe, damit entscheidende Erkenntnisse der Luftaufklärung sofort über drahtlose Telegrafie nach vorne vermittelt werden konnten. Dieses planmäßige Zusammenwirken aller Waffengattungen, die neue Taktik, die Schnelligkeit der neuaufgestellten motorisierten Verbände und ihre Stoßkraft hatten das deutsche Heer völlig verwandelt. Es kehrte trotz der schweren Niederlagen im Sommer letzten Jahres auf einmal wieder die alte Siegeszuversicht zurück, die auch bei den ausgemergeltsten und abgekämpftesten Soldaten diesen unwiderstehlichen Drang nach vorne auslöste, wenn die Entscheidung in der Schlacht gesucht wurde. Alte und junge Krieger hatten Blut geleckt: Die Entscheidungsschlacht im Westen hatte begonnen! Neben der Überlegenheit der neuen deutschen Panzerwaffe und dem Vertrauen der Soldaten in das strategische Geschick seiner Obersten Heeresleitung, war es nicht zuletzt der junge Kaiser, der neue Motivation und Siegeszuversicht bei den deutschen Armeen verbreitete. Wilhelm III. war einer von ihnen, der als Kronprinz mit ihnen gekämpft, gelebt und gelitten hatte, der den Dilettantismus eines von Falkenhayn erkannte, die Katastrophe von Verdun als Erster kommen sah – und sie dennoch nicht abwenden konnte. Am Sturz des von seinem Vater geschätzten Generalstabschefs hatte er zwar wesentlichen Anteil – allein, es war zu spät, Hunderttausende waren schon verblutet, als endlich die fähigsten militärischen Köpfe des Reiches, von Hindenburg und Ludendorff, die OHL übernahmen. Dieser bei seiner 5. Armee äußerst beliebte Kommandeur verbreitete nun das Gefühl eines Aufbruchs und eines Umbruchs, nämlich einer notwendigen Erneuerung der Monarchie und des Reiches, die nach dem Krieg kommen würde.

Auch der junge Jagdflieger, der heute erst seinen dritten Feindflug absolvierte, war in einer Stimmung, die ihn »Heil dir, im Siegerkranz« pfeifen ließ, selbst wenn dies angesichts des Motorenlärms ein eher inneres Erlebnis war. Plötzlich bewegte sich die Maschine des Staffelführers. Die Jagdfliegerstaffeln flogen in V-förmiger Formation, wobei die Staffelführer jeweils die Spitze der Formation einnahmen. Das Wackeln mit den Tragflächen bedeutete »Achtung!« Der Staffelführer machte mit Handzeichen auf sich aufmerksam; er deutete auf eine große Anzahl von Flugzeugen, die, aus westlicher Richtung kommend, vielleicht noch 1 000 Meter unter ihnen waren. Dann kamen die Zeichen »Formation auflösen« und »ANGRIFF«. Also freie Jagd!

Während sich die Jagdflieger der Typen Pfalz D.XII, Fokker D.VII und D.VIII auf ihre alliierten Kontrahenten, zumeist Sopwith Snipe und Sopwith F.I Camel oder auch Spad S.XIII, stürzten, begaben sich die Schlachtfliegerstaffeln – wie für diesen Fall vereinbart – »zwei Etagen tiefer«. Ein Blick auf die Uhr ließ erahnen, dass Reims ohnehin nicht mehr fern und es somit an der Zeit war, die vorgegebenen Ziele, schwere französische Batterien, zu suchen. Und tatsächlich verrieten nun auch schon mehrere Fesselballons, dass die feindlichen Linien nur noch fünf Kilometer vor ihnen lagen. Die Fesselballons, die für die Leitung des Artilleriefeuers und zur Gefechtsfeldaufklärung unentbehrlich waren, wurden am heutigen Tag zusätzlich auch noch als Orientierungshilfe für die Flieger eingesetzt. Während die Flieger nun begannen, ihre Bombenlast über den erkannten französischen Batterien abzuladen, bewegten sich gleichzeitig mehrere hundert kleine Punkte aus östlicher Richtung auf den Fortgürtel zu. Einige dieser Punkte waren größer und langsamer: Es waren Kolossal-Wagen, kurz K-Wagen oder auch Großkampfwagen genannt. Für jene Schlachtflieger, die sie in Erdkampfhöhe überflogen, waren die Giganten natürlich unübersehbar … Dreizehn Meter lang, 6,1 Meter breit, drei Meter hoch und mit einer

Masse von 120 Tonnen das größte sich selbst bewegende Fahrzeug seiner Zeit! So stolz man von Seiten der kaiserlichen Armee auch auf diesen feuerspeienden stählernen Drachen war, so trug er im Vergleich zu seinem »kleineren Bruder«, dem A7V, doch eher wenig zur deutschen Frühjahrsoffensive bei.

Aufgrund seiner geringen Reichweite und praktisch nicht vorhandenen Geländetauglichkeit, konnte er letztendlich nur punktuell eingesetzt werden, wie z.B. beim Durchbrechen der Front bei Stenay, wo er sich als Rammbock bewährte. Propagandistisch und psychologisch übertraf er hingegen alle Erwartungen, entpuppte sich als wahre »Wunderwaffe«. Sein Auftauchen an der Westfront löste regelrechte Panik beim Feind aus und führte manchmal zur heillosen Flucht ganzer alliierter Regimenter. Fast noch größer war seine Wirkung an der Heimatfront:

Schon am ersten Tag der Frühjahrsoffensive erschien praktisch auf allen Titelblättern deutscher Zeitungen ein großes Bild des K-Wagens, der somit zum Symbol des Unternehmens Cherusker wurde. Die Propagandaabteilung des Heeres inszenierte einen perfekten Rummel rund um den K-Wagen, der sich zu einer regelrechten Euphorie steigerte, was bei dem frierenden, hungernden und im fünften Kriegsjahr natürlich erschöpften deutschen Volk auch bitter notwendig war.

Nicht zuletzt hatte die blutige Niederschlagung der Novemberunruhen bei der Arbeiterschaft tiefe Narben hinterlassen, für die die scheinbare Unbesiegbarkeit des K-Wagens zwar kein Trost war, aber zusätzliche Motivation in den Fabriken, doch noch bis zum hoffentlich kurz bevorstehenden Kriegsende zu schuften.

Während sich die Schlachtflieger bereits im zweiten Anflug befanden und begannen, die französischen Batterien mit Bordwaffen zu beharken, wälzten sich die ersten der fünf Dutzend K-Wagen im Schritttempo auf Gefechtsdistanz für ihre 7,7-cm-Bordkanonen heran. Auch wenn die beiden V6 Daimlermotoren mit ihren beachtlichen 1300 PS diese fahrende Artilleriestellung nicht viel schneller als im Schneckentempo fortzubewegen vermochten, so reichte auch das, um dem gezielten Direktbeschuss der schweren Artillerie zu entkommen. Solange der Kolossal-Wagen der feindlichen Artillerie nicht direkt vors Rohr fuhr, konnte ihn also nur ein Zufallstreffer stoppen. Den Beschuss feindlicher Tanks konnte er mit seiner 3-cm-Panzerung wegstecken. Dennoch ging vor Reims fast die Hälfte der dort eingesetzten K-Wagen verloren, da sie zumeist aus verschiedenen Gründen liegengeblieben und, sodann bewegungsunfähig, eine leichte Beute der feindlichen Artillerie wurden.

Während der Gegner vor Reims aufgrund der durch seine Geschwindigkeit vervielfachten Wucht des deutschen Angriffes momentan wie paralysiert wirkte, war die Generalrichtung der Hauptstreitmacht bereits auf Nord-Nordwest abgeschwenkt. Das Ziel war die Kanalküste, um einen tiefen Keil zwischen die alliierten Mächte zu treiben. An der Spitze motorisiert-gepanzerter Verbände standen der hochbegabte Stratege Guderian und der kühne Pour-le-Mérite-Träger, Major Erwin Rommel. Sie versuchten immer wieder, die Hauptstoßrichtung mit seitlichen Ausfällen präventiv abzusichern, damit der Gegner nach Möglichkeit erst gar nicht in die Lage kam, einen Angriff auf die eigenen Flanken durchzuführen. Tiefe Vorstöße in das feindliche Hinterland bargen eine große Gefahr, nämlich dass die

Nachschubwege zu lang und die eigenen Linien zu weit auseinander gezogen wurden, wodurch es dem Gegner relativ leicht gelingen konnte, an einer ungenügend gesicherten Flanke eine Lücke zu schlagen und damit den gesamten Vormarsch zu gefährden. Gelang es dem Gegner mit einem derartigen Stoß in die Flanke, die eigene Heeressäule vollständig zu durchtrennen, dann saßen die bereits vorgestoßenen Einheiten sehr schnell ohne Nachschub in der Falle. Rommels Eskadron übernahm die Hauptlast der Ausfälle und Abzweigungen von der Hauptstoßrichtung, um den Gegner schon im Ansatz zu stören und das Kampfgeschehen vom Durchbruchskeil Richtung Kanalküste abzulenken. Das gelang ihm während der zehn Tage, die man von Reims bis zur Einnahme von Dieppe brauchte, über weite Strecken so erfolgreich, dass der Gegner schier verzweifelte. Rommel hatte einen ausgeprägten Instinkt dafür, durch schnelle Vorstöße immer dort aufzutauchen, wo es der Gegner am wenigsten erwartete, und nach kurzer Feindberührung wie ein Gespenst wieder zu verschwinden. Aufgrund des Erfolges dieser Taktik wurde sie fester Bestandteil des gesamten Vorstoßes. Diese Form der offensiven Flankendeckung hielt den Gegner im Vorfeld auf Abstand, sodass der Durchmarsch zum Kanal nie ernstlich gefährdet werden konnte. Allerdings mangelte es den Alliierten auch an notwendigen taktischen Fähigkeiten, ihre Tanks zu entsprechend schnellen massierten Stößen in die deutschen Flanken zum Einsatz zu bringen. Generell blieb die alliierte Panzerwaffe während der deutschen Frühjahrsoffensive zu passiv, sah man einmal ab von der Schlacht bei Abbeville, der einzigen echten Panzerschlacht des gesamten Krieges. In den zahlreichen anderen Aufeinandertreffen deutscher und alliierter Panzerfahrzeuge waren letztere zumeist nicht in der Lage, in größeren Verbänden zu operieren und blieben auch bei größeren Massierungen zu statisch. Ihre quantitative Überlegenheit blieb angesichts der neuartigen Taktiken, die Guderian entwickelt hatte, wirkungslos.

So erreichten die deutschen Panzerspitzen Dieppe plangemäß am 1. März und besetzten es noch am selben Tage. Damit war der Durchstoß des rechten deutschen Flügels zum Kanal geglückt – und die Teilung der alliierten Verbände erreicht. Der Durchbruchskeil war binnen weniger Tage auf das ganze Gebiet zwischen Seine und Somme verbreitert. Ein alliierter Gegenstoß am 3.3. scheiterte. In weiterer Folge wurden die in Flandern und Nordfrankreich stehenden Verbände der Briten und Amerikaner in Richtung Kanalküste zurückgedrängt. Das britische wie auch das amerikanische Oberkommando erkannten die Ausweglosigkeit der Lage.

Der deutsche Heeresbericht meldet:
Großes Hauptquartier, 8. März. Westlicher Kriegsschauplatz: Drei Wochen nach Beginn der Frühjahrsoffensive konnte an der Westfront ein Sieg für die deutschen Fahnen errungen werden, der jenen von Tannenberg sogar noch in den Schatten stellt.
Am gestrigen Tage kapitulierten mehrere im Kessel von Verdun eingeschlossene Armeen, die seit der Einkesselung am 18. Februar unablässigen Angriffen ausgesetzt waren. Zuletzt konnte der Belagerungsring auf den Fortgürtel im Norden der Stadt verengt werden.
Um der völligen Vernichtung zu entgehen, hat der französi-

sche Abschnittskommandant, Marschall Petain, kapituliert. Mehr als eine halbe Million Mann – Franzosen, Engländer und Amerikaner – gehen gegenwärtig in Gefangenschaft.
In Nordfrankreich konnte nach dem Durchbruch zum Kanal vor einer Woche nun der rechte Flügel auf breiter Front nach Norden vorrücken.
Nach der Einnahme von Lille und Roubaix steht das XII. Armee-Korps nun an der Schelde.
Währenddessen konnte in Dünkirchen und Calais das Einschiffen und die Evakuierung feindlicher Truppen beobachtet werden.
Der Erste Generalquartiermeister
Ludendorff

*

Noch kurz bevor der Kessel von Verdun am 7. März kapitulierte, begann die Evakuierung des Britischen und Amerikanischen Expeditionskorps nach England. Die nachdrängenden deutschen Verbände bereiteten vor allem den Engländern bei ihrem Rückzug, der mehr den Charakter einer Flucht hatte, noch erhebliche Verluste. Der nach der Kesselschlacht von Verdun freigewordene linke Flügel schloß nun Paris ein. Damit waren die Franzosen auf sich alleine gestellt und Paris verloren.

Nun schlug die Stunde des Kaisers, dessen Überlegungen bereits weit über den Waffenstillstand hinausgingen. Lange hatte er darüber nachgegrübelt, wie er für den Fall eines Sieges auf dem Schlachtfeld – denn das ist die große Kunst im Kriege – auch danach einen diplomatischen Sieg von Bestand erringen könnte. Schließlich war ihm die

Freundschaft zu den Franzosen ein echtes Anliegen, fühlte er sich doch – das genaue Gegenteil zu seinem Vater – zu Frankreich mehr hingezogen als zu England. Auch während des Krieges legte er Wert auf ein gutes Verhältnis zur französischen Zivilbevölkerung in seinem Kronprinzenquartier in Charleville.

Wilhelm III. war nicht unbedingt frankophil, schätzte die Franzosen aber und wusste, wie man sie zu nehmen hatte. Doch selbst wenn er über die Maßen frankophil gewesen wäre, hätte ihn das nicht von einer nüchternen, pragmatischen Interessensabwägung abgehalten. So erblickte er trotz der Erbfeindschaft und des nun schon bald fünf Jahre währenden einzigartigen Blutvergießens in Frankreich auf absehbare Zeit den notwendigen starken kontinentalen Bündnispartner, mit dem er seine Vision von einer Neuordnung Europas verwirklichen könnte.

Zum Glück war der Kontakt zu seinem alten Freund und Kommilitonen Louis de Bourbon nie abgerissen, den er aus seiner Bonner Studentenzeit kannte und der damals auch ein oft und gern gesehener Gast in der Kronprinzenvilla gewesen war. Er hatte die Fühler zu diesem bereits seit Monaten ausgestreckt, und es war kein Problem gewesen, mit Louis über den Umweg eines spanischen Bourbonen, der wiederum verwandtschaftlich mit den Hohenzollern verbunden war, über Geheimdepeschen zu korrespondieren. Dadurch hatte der Kaiser stets einen Ansprechpartner, zu dem ein echtes Vertrauensverhältnis bestand, was für ihn maßgeblich für seine weiteren Überlegungen war. Es kam um den Jahreswechsel 1918/19 zu mehreren Treffen kaiserlicher Emissäre mit dem Bourbonen in der Schweiz, der sich dort mehrere Wochen zum Zwecke einer Höhenluftkur aufhielt. Als nun der Belagerungsring um Paris geschlossen und damit praktisch schon die Entscheidung an der Westfront gefallen war, ging Wilhelm III. daran, seinen Plan Punkt für Punkt umzusetzen.

Nach der Verhängung des Belagerungszustandes über Paris, wurden Parlamentäre zu den Franzosen gesandt, um über die kampflose Übergabe zu verhandeln. Sowohl die französische Regierung als auch das militärische Oberkommando sahen – insbesondere nach der einsetzenden schmählichen Flucht der Angloamerikaner – den Krieg als verloren an und wollten ihre Hauptstadt vor der Zerstörung bewahren. Denn ein mittlerweile militärisch sinnlos gewordener Kampf um Paris hätte zumindest erhebliche Zerstörungen der Millionenmetropole bedeutet.

So wurde die deutsche Initiative seitens der Franzosen äußerst positiv aufgenommen und man stimmte sofort Verhandlungen zu.

Geschickt setzte nun Wilhelm III. seinen ersten Zug, als er seinen Parlamentär höflich, aber bestimmt ausrichten ließ, man möge auf der Gegenseite doch mit einem standesgemäßen Vertreter aufwarten. Denn das kaiserliche Deutschland würde den bayrischen Kronprinzen als Unterhändler entsenden und das sei natürlich eine »geste sympathique«, weshalb man von der Gegenseite Ähnliches erwarte. Einem Königshaus wie dem der Wittelsbacher – das leuchtete den französischen Republikanern durchaus ein – konnte natürlich nur ein Königshaus ebenbürtig sein, zumindest aber ein Vertreter eines ehemaligen Königshauses, wenn man über keinen König mehr verfügte.

Das feingesponnene diplomatische Netz war ausgeworfen worden …

So kam es, dass die Franzosen von sich aus an Louis, der eigentlich nur einer Nebenlinie des Hauses Bourbon angehörte, herantraten, und ihn um diese Vermittlertätigkeit baten. Nach der erfolgten kampflosen Übergabe der Stadt erreichen deutsche Panzer am 14. März ohne Widerstand Eiffelturm und Champs-Élysées. Die letzten angloamerikanischen Soldaten verließen zwei Tage später Frankreich.

In den Tagen danach kam es nur noch zu kleineren Rückzugsgefechten, bei denen die Franzosen sich mehr und mehr ins Landesinnere zurückziehen mussten, und die Deutschen nur noch sehr gemächlich nachrückten. Wilhelms Kalkül war es, die französische Armee nicht gänzlich zu vernichten, sondern ihr eine ehrenvolle Kapitulation zu ermöglichen.

Mit Beginn der Waffenstillstandsverhandlungen teilte die Front Frankreich diagonal entlang der Linie Cherbourg-Orléans-Genf. Die deutschen Truppen standen am Golf von Saint-Malo, an der Loire und an der Rhône.

Um die Besetzung des restlichen Landes zu verhindern, beeilte sich die französische Führung nun, Waffenstillstandsgespräche zustande zu bringen, und trat neuerlich an den Bourbonen Louis heran, dessen persönliche Verbindung zum deutschen Kaiser ihr bislang verborgen geblieben war, und bat ihn, als Vermittler aufzutreten. In dessen Beisein erfolgte sodann am 23. März die bedingungslose Kapitulation Frankreichs gegenüber dem Deutschen Reich, die der Kaiser als Oberbefehlshaber des Heeres persönlich entgegennahm.

Die Tinte unter der Kapitulationsurkunde, die bei Compiègne unterzeichnet wurde, war noch nicht trocken, als Wilhelm III. auf sofortigen Friedensverhandlungen insistierte. Die Vertreter der dritten Republik trauten ihren Ohren nicht, als sie aus dem Munde des deutschen Kaisers – der ein ganz passables Französisch sprach – vernahmen, dass Deutschland keinerlei Forderungen an Frankreich stellte.

»Keine Gebietsabtretungen?«, fragte da einer, »keine Reparationen?« ein anderer aus der französischen Delegation.

»Keine …«, antwortete der Kaiser mit einem verschmitzten Lächeln. »Allerdings eine Vorbedingung: Frankreich muss wieder Monarchie werden!«

Die Franzosen wollten dem Angebot nicht so recht trauen und die Monarchie war für die Vertreter der République Française natürlich eine große Kröte. Um ihnen die Entscheidung zu erleichtern, gewährte ihnen der Kaiser eine 24-stündige Nachdenkpause. Während dieser wurde zwar intensiv mit der französischen Regierung, die – wie im Jahre 1914 – nach Bordeaux geflohen war, telefoniert und beratschlagt, doch schon bald war der französischen Seite klar, dass man ohnehin keine Wahl hätte außer der des Monarchen. Hier standen grundsätzlich die Thronprätendenten der Häuser Bourbon und Orléans zur Verfügung. Da aber in Compiègne nur der Bourbone anwesend war, der sich immerhin schon als Unterhändler den Deutschen gegenüber bewährt hatte, und in der Kürze der Zeit keine substanziellen Gespräche mit dem Hause Orléans angebahnt werden konnten, ging Wilhelms Kalkül auf:

Noch vor Ablauf der Frist wurde Frankreichs Zustimmung zur deutschen Vorbedingung erklärt und Louis als Thronfolger benannt. So kam es nach nicht einmal einer Woche zu dem für ganz Frankreich völlig überraschenden

Friedensvertrag, der am 29. März feierlich in Versailles unterzeichnet wurde. Der Festakt wurde in jenem Spiegelsaal abgehalten, in dem schon 1871 Wilhelm I. zum deutschen Kaiser proklamiert worden war. Wie damals fühlten alle Anwesenden – die militärische wie politische Führung des Deutschen Reiches und Frankreichs – die große historische Bedeutung des Moments, als Wilhelm III. zu ihnen sprach. Er knüpfte an die Hochzeit des Heiligen Römischen Reiches Deutscher Nation an, als dieses nicht nur Mitteleuropa beherrschte, sondern Ordnungs- und Gestaltungsfaktor für ganz Europa war. Dieses Reich, das ein supranationaler Verband, ein Bund gleichberechtigter Partner war, sollte – das ließ der Visionär Wilhelm in seiner Rede erkennen – ein Vorbild für die Zukunft sein:

»Als vor fast fünfzig Jahren an dieser Stelle das zweite deutsche Kaiserreich geboren ward, so war dies ein Freudentag für das ganze deutsche Volk. Möge der heutige Tag des Friedensschlusses zu Versailles ein Freudentag für Deutsche UND Franzosen sein, weil hier ein Frieden geschlossen wurde, der alle Aussicht auf Bestand hat, da er anders als nach 1871 in den Besiegten kein Revanchebedürfnis entstehen lassen wird. Es ist ein Frieden auf Augenhöhe, ohne Demütigung des Besiegten, sondern im Gegenteil, Anerkennung seiner Leistung im Kriege. Möge der entsetzliche Blutzoll, den unsere beiden Völker zu entrichten hatten, uns in Zukunft davon abhalten, gegeneinander das Schwert zu ziehen. Besinnen wir uns auf unseren gemeinsamen Vorfahren Karl den Großen und auf die Tatsache, dass wir dereinst Teil ein und desselben Reiches waren. Erkennen wir endlich, wer diesen Weltenbrand angestiftet hat und wer die Völker Europas ins Chaos stürzen möchte. Nie wieder sei diesen dunklen Mächten auf unserem Kontinent Einlass gewährt!«

England, das der Kaiser in seiner Rede mehrfach scharf angriff, beherrschte mit seinem britischen Empire knapp ein Viertel der Welt und blieb nach der Niederlage Frankreichs der einzige ernstzunehmende Gegner auf dem europäischen Kontinent. Der Kaiser wusste, dass der Krieg gegen England noch lange nicht gewonnen war. Doch vor seinem geistigen Auge zeichnete sich schon ein neues Außen-, Militär- und Wirtschaftsbündnis ab, das bald an der Seite des Deutschen Reiches stehen sollte. Er wollte dem britischen Weltreich nicht weniger als ein geeintes, mächtiges Europa unter deutscher Führung entgegensetzen …

Bewusst deutete er in seiner Rede vieles noch an, ohne allzu deutlich zu werden – schließlich war man noch im Krieg und die Dinge waren noch im Fluss, dennoch war allen im Saal klar, dass hier nicht nur die alte Erbfeindschaft zwischen Deutschen und Franzosen zu Grabe getragen wurde, sondern sich am Horizont bald die Konturen eines neuen, größeren Ganzen abzeichneten.

*

Es war ein perfekt inszeniertes Spektakel: Der Champs-Élysées war auf beiden Seiten eingerahmt von einem flatternden Fahnenwald, in dem jeder Mast eine Doppelbeflaggung von Schwarz-Weiß-Rot und Blau-Weiß-Rot aufwies. Man hatte auf deutscher Seite peinlichst darauf geachtet, dass diese Siegesparade nach dem völlig überraschenden schnellen Friedensschluss nun tatsächlich auch eine ernstgemeinte Demonstration Deutsch-Französischer

Freundschaft werden sollte. Nur eines ließ sich der Kaiser nicht nehmen: Vom Eiffelturm prangten in alle vier Himmelsrichtungen überdimensionale, eigens und eilig für diesen Zweck hergestellte Standarten Seiner Majestät des Deutschen Kaisers. Garniert wurden diese Standarten von zwei jeweils einhundert Meter langen Bannern, einer Reichskriegsflagge und einer schwarz-weiß-roten Reichsfahne. »Man gönnt sich ja sonst nichts«, erklärte Wilhelm III. gegenüber dem französischen Thronprätendenten Louis schmunzelnd.

Auf der Ehrentribüne fanden sich die deutschen Fürsten und das hohe Militär ebenso ein wie die französische Generalität und Vertreter der französischen Übergangsregierung, die nun für den reibungslosen Übergang von der Republik zur Monarchie zu sorgen hatten. Kaum hatten sich die Herren auf ihren Plätzen eingefunden, ging es auch schon mit Paukenschlägen der besonderen Art los:

Zwei prächtige Schimmel mit jeweils zwei an den Sätteln befestigten großen Trommeln wurden von ihren Reitern durch den Arc de Triomphe die Champs-Élysées hinuntergejagt, sich selbst dabei mit einem Trommelwirbel begleitendend. Vor der Ehrentribüne angelangt, zeigten Pferde und Reiter in perfekter synchroner Darbietung ihr ganzes Können und eröffneten damit die Parade.

Es hätte wohl keinen größeren Kontrast zu der Eröffnung durch die Kavallerie geben können, als die nun durch den Triumphbogen walzenden K-Wagen. Zehn der gigantischen fahrenden Festungen, rollten an der Spitze der gepanzerten Abteilungen voran und brachten mit ihren jeweils 120 Tonnen das Pflaster zum Vibrieren. Die psychologische Wirkung des K-Wagens auf das Pariser Publikum, das mit offenen Mündern und Kopfschütteln dieser geballten Demonstration der stählernen Ungetüme gegenüberstand, war nicht weniger groß als an der Front. Hinter den K-Wagen kamen die »kleineren Brüder«, die A7V, das eigentliche Rückgrat der deutschen Frühjahrsoffensive, ohne die das Unternehmen Cherusker niemals in einen derart grandiosen Sieg hätte münden können.

Es folgten ausgesuchte Waffensysteme, die allesamt, wie immer bei derartigen Paraden, ein Signal sein sollten für die Schlagkraft des deutschen Heeres. In einer perfekten Choreographie zeigten deutsche Jagdflieger einige Kunststücke und zum Teil halsbrecherische Tiefflugmanöver – die glücklicherweise allesamt funktionierten – und markierten zum Abschluss den Himmel über Paris mit schwarz-weiß-roten Signalfarben.

Nach der technischen Demonstration folgten bei der Frühjahrsoffensive besonders ausgezeichnete Einheiten, allen voran das 2. Kastrup-Panzerbegleit-Bataillon. Vor ihm das kaiserliche Garde-Musikkorps, das nun, als es die Ehrentribüne erreichte, »Preußens Gloria« erklingen ließ, und unter den Klängen dieses wohl schmissigsten aller preußischen Märsche wechselte das Kastrup-Bataillon wie ein Mann in den Stechschritt über und paradierte die abgezirkelte Strecke an der Ehrentribüne vorbei.

Einer der Offiziere am rechten Rand der Marschformation, der mit dem Degen in Richtung des Kaisers salutierte, der in diesem Moment voller Freude und Stolz auf seine Kastrup blickte, war Hans von Dankenfels. Dem bereits mit beiden Eisernen Kreuzen ausgezeichneten Leutnant war am Vorabend die besondere Ehre zuteilgeworden, als einer der herausragendsten Soldaten – er war der jüngste Kompanieführer des Unternehmens Cherusker – an der großen Tafel des Kaisers im Schloss Versailles teilzunehmen.

In dem Wimpernschlag, in dem sich beim Vorbeimarsch des Kaisers und von Dankenfels' Blicke trafen, ward der Baron von einem starken Gefühl erfüllt, das ihn in Gedanken weit forttrug. Er fühlte sich hinausgeschleudert aus dem Hier und Jetzt und fortgetragen in die Zukunft, die noch viel Ungewisses und Geheimnisvolles barg.

Er wusste, dass der Moment des Sieges bereits schon wieder Vergangenheit war und neue, größere Abenteuer und militärische Aufgaben vor ihm lagen …